DU MÊME AUTEUR

Au Mercure de France

MAUPASSANT, LE CLANDESTIN, 2000 (Folio n° 3666)

UN HOMME À LA MER, 2004 (Folio n° 4526)

GASTON ET GUSTAVE, 2011 (Folio n° 5692). Prix Décembre 2011

LA GRANDE NAGEUSE, 2014 (Folio n° 6010). Prix Jean-Freustié 2014

Aux Éditions Albin Michel

BASSE SAISON, 1991

LA VIE SERA PLUS BELLE, 1994

PORT D'ATTACHE, 1998. Prix François Mauriac de l'Académie française et prix Henri Queffélec

Chez d'autres éditeurs

ROGER NIMIER, LE TRAFIQUANT D'INSOLENCE, Le Rocher, 1989. (La Petite Vermillon, 2007). Prix des Deux Magots

SOUVIENS-TOI DE LISBONNE, La Table Ronde, 1998 (La Petite Vermillon, 2008)

PORTS MYTHIQUES, Le Chêne, 2002

ESQUISSES NORMANDES, National Geographic, 2002

NORMANDIE, photographies d'Hélène Bamberger, National Geographic, 2004

LE VOYAGE S'AFFICHE, Mer, Fitway, 2004

VIETNAM, photographies de Nicolas Cornet, Le Chêne, 2004

MASSAWA, photographies d'Hugues Fontaine, Éditions des Équateurs, 2004

OÙ VONT LES FILS ?

Olivier Frébourg

OÙ VONT LES FILS ?

MERCVRE DE FRANCE

À Martin, Jules, Gaston.

« On ne se souvient plus de ce qui a précédé ; et de même les choses qui doivent arriver après nous seront oubliées de ceux qui viendront ensuite. »

Ecclésiaste

«Télémaque, c'est l'heure ! entre dans la mêlée !»

HOMÈRE
Odyssée

« Se marier, fonder une famille, accepter tous les enfants qui naissent, les faire vivre dans ce monde incertain et même, si possible, les guider un peu, c'est là, j'en suis persuadé, l'extrême degré de ce qu'un homme peut atteindre. »

KAFKA
Lettre au père

« Fais des choses avec les enfants », m'avait-elle dit. Jamais une phrase ne m'avait paru aussi incongrue. C'était comme si elle me demandait d'assister à un spectacle de rue. Me divertir, jouer, sortir, alors que la mort me regardait avec une légère ironie.

Le paysage ressemblait à un film futuriste où une ville plongerait en quelques minutes à l'ère glaciaire. Si c'était l'hiver, ce serait au moins blanc, lumineux, coupant. Mais non c'est l'automne, la longue décomposition. Un supplice chinois. La boue. La pluie. Quelque chose de la guerre des tranchées. Les feuilles recouvrent le haut du chemin. Un paysage de l'est alors que nous avions choisi de vivre à l'ouest. Ce cap du bonheur, des causes perdues, des couchers de soleil. Le plein automne gangrène mon corps.

Ce chemin pourtant fut celui de l'été par lequel les enfants dévalaient vers la plage en criant de joie. Ce chemin avait un petit grain de folie : d'un coup il quittait la campagne, les champs à vaches pour se précipiter vers la mer qui nous attendait dans son royaume. Et juste avant la descente, se trouvait le petit banc de pierre qu'on voyait à peine, au pied d'une haie vive. Ce banc de pierre sur lequel s'asseyait l'enfance. Maintenant sur le chemin, les feuilles sont un tas de fumier ruisselant.

Je pousse mon dernier fils dans sa poussette canne Perego, achetée avec sa mère, une fin d'été alors que tout était désert dans une grande surface de puériculture dont le slogan est « Born to be happy ». Nous aurions pu être dans la banlieue romaine, sous une chaleur écrasante mais nous étions dans la périphérie d'une grande ville de province.

Dans mon enfance, le magasin où allait ma mère pour des cadeaux de naissance se trouvait dans le centre-ville à côté du magasin de jouets Le Dauphin et du cinéma Le Royal. Les trois ont disparu comme la librairie La Licorne. Les commerces sont désormais des parallélépipèdes métalliques, dans des zones périurbaines. Ce décentrage est aussi celui de ma génération. Nous sommes les enfants des ronds-points, tournant autour de la verticalité sans nous y accrocher.

Il n'y a pas si longtemps les hommes labouraient les champs, juste derrière chez nous, avec des charrues : le soc traçait les sillons. Nous, nous avançons sur le macadam, agrippés à nos poussettes. Ce sont nos sillons de laboureurs urbains.

Dans sa poussette Perego, le petit se retourne sans cesse, s'assure que je suis là. Il ouvre grand les yeux. Il sent bien qu'il s'est passé un tremblement de terre mais son envie de voir les canards sur une mare voisine supplante tout. C'est un spectacle qui lui est familier – il allait le voir avec sa mère quand elle était encore la princesse de ce territoire. J'étais un canard à qui on a coupé la tête et qui court dans tous les sens. À mes yeux, un « connard ».

Le petit porte un blouson molletonné, des chaussures à scratch bleues, un pantalon aux poches plaquées (les pantalons treillis sont revenus à la mode avec la disparition du service militaire), un T-shirt et un pull ras le cou avec une citrouille dessus à l'air rigolard et cette inscription : *my little pumpkins*. Elle a les dents du bonheur, écartées, mais affiche un sourire carnassier.

Halloween, la fête des morts, en Amérique. Celle désormais des petits Français. À l'école maternelle, les enfants préparent des citrouilles en taffetas, confectionnent des chapeaux de sorcière noirs et pointus. Ils ne célèbrent plus le 11 novembre 1918, la fin de la Première Guerre mondiale et surtout les morts. Le monument aux morts s'élève à côté de leur école mais ils ne le regardent plus. L'oubli. Ne pas se complaire dans le passé, agir dans le présent, consommer, être de son temps : l'obsession de notre époque où l'algorithme a pris le dessus sur le politique et l'amour.

C'était bien pour apprivoiser le temps, que nous étions venus ici, dans ce village. Elle voudrait sans doute que je me comporte comme pendant Halloween. Je suis mort mais je joue avec les morts, danse la gigue avec eux. On devrait conserver envers soi les vêtements de nos enfants. Ce sont des reliques quand tout est effacé.

J'avais été fauché. Comme les beaux et fiers blés d'été,

ces rameaux d'or d'un triomphe éphémère qui précède la chute des feuilles. Comme les poilus qui n'avaient pas vingt ans – les pauvres gosses. Je n'étais plus d'aplomb.

Chérie,

Voici la dernière heure arrivée. J'ai songé à toi toute la nuit de samedi à dimanche en pensée intime avec toi-même et mes enfants.

Le dernier moment est arrivé. Je meurs avec courage mais je songe à vous.

Ma chérie, je regrette de ne pouvoir faire ma vie avec toi, tu as été une compagne adorable, gentille et une bonne mère, tu élèveras nos enfants dans l'honneur, la probité et le travail. J'ai pensé à toi tous les jours et les nuits, et combien j'aurais désiré vivre le reste de mes jours avec toi. Tu auras la consolation que j'ai été en communion intime avec toi.

Dans le procès, je n'ai pu faire admettre ma non-culpabilité pourtant exacte, je te le dis au seuil de la tombe. Les plus à plaindre sont ceux que je quitte. Je souhaite un monde meilleur et un siècle d'égoïsme déchu. Pour toi, ma chérie tout mon amour et mes chers enfants.

Dans un si pénible moment, je mets dans un même creuset tous mes amis. Je meurs dans le salut de la religion, depuis mon incarcération, j'ai prié bien des fois. Adieu chérie et mes enfants mille baisers et caresses.

Le 11 janvier 1944, quelques heures après avoir écrit cette lettre au fort de Hâ, à Bordeaux, Marcel Deflandre est transféré au camp militaire de Souge et fusillé. Six mois avant le Débarquement et la Libération.

Marcel Deflandre était mon grand-oncle. Enfant, quand j'allais dormir chez mes grands-parents dans cette chambre bleue où il y avait aussi la photo de mes parents le jour de leur mariage – mon père en uniforme d'enseigne de vaisseau, sabre au côté –, je m'endormais en regardant le portrait de cet homme au visage ovale et plein, portant cravate et veste de tweed. Ma grand-mère me parlait de son frère tant aimé et je sentais l'émotion monter dans ses yeux. Il était l'homme de sa vie. Ingénieur des pétroles, il fournissait la Résistance en essence et détournait les ressources des Allemands. Il avait été dénoncé. Trahi, par l'un de ses ouvriers, me dira plus tard son fils. Donné. Comment vit-on le reste de son existence en sachant qu'on a trahi ? J'ai gardé cette lettre toujours à portée de main, par-devers moi. Comme une lettre de mission. Il faudrait que je songe aussi à écrire à mes fils. Cette lettre, j'en roulais tous les mots. Résisté. Communié. Fusillé. Je l'avais lue et relue mais je n'en comprenais le sacré, l'essentiel et le dépouillement que maintenant. Combien de temps garderait-on vif le souvenir de ce résistant dans nos familles ? Mes fils le porteraient-ils encore ? Sa déclaration d'amour au seuil de la mort me bouleversait. « En communion intime avec toi », écrivait-il.

Il y a une façon de juger un homme : l'élégance et la finesse de son alliance. Sceau du sacrement. L'alliance qui, avec le temps, glisse difficilement de l'annulaire. À droite c'est quand on est marié avec Dieu. Ces femmes âgées qui portent la leur et celle plus large de leur mari défunt. L'anneau blanc, pareil à celui de Saturne, sur un doigt bronzé, combien de temps faut-il pour effacer cette trace ? La blancheur de l'innocence, la générosité du don. Le silence de la peau. Le silence de la mer.

Nous étions nés vingt ans après le Débarquement. Le sang sur le sable des plages avait à peine séché. Lors des déjeuners de famille, le dimanche, les mots « boche » « fritz », « fridolin » fusaient entre le gigot et la charlotte aux framboises. L'index pointé, mon grand-père nous montrait nos assiettes que nous devions finir. Eux avaient connu les privations. En moins d'un quart de siècle, nous étions passés de la guerre au glamour. Nos mères portaient chignons et escarpins, ressemblaient à des hôtesses d'Air France.

Enfant, cette guerre me semblait d'un autre siècle. Je n'étais obsédé que par les mers du Sud, les tropiques et les alizés. La province, trop peu pour moi. À dix-neuf ans, pourtant, dans une maison de vacances, près d'Omaha Beach, alors que nos profs nous gavaient de la Nouvelle Histoire et du Nouveau Roman, nous nous déguisions en maquisards à veste de cuir et béret basque sur les musiques de la Résistance et en jouant comme des enfants à la guerre. Nous étions prêts à prendre les armes pour passer au peloton d'exécution les années 80. Nous étions des planqués.

Des remparts de livres nous protégeaient. Les filles nous prenaient pour des doux dingues et trouvaient suspecte cette nostalgie. Elles en avaient marre qu'on les trainât dans les cimetières militaires devant les tombes blanches des « private » morts à notre âge. Le soir, on se réconciliait en dansant sur *Sag Warum* et en buvant des Martini : « La nuit, je m'en vais seul et je me demande pourquoi. Les jours défilent, à contresens et je me demande pourquoi. Toi, tu es partie. Où ? Je t'ai souvent appelée, mais tu es restée silencieuse. Tu ne sens pas à quel point je suis seul. »

Moi, je ne me remettais pas de mon enfance à la Martinique. On ne dansait pas la biguine en Normandie. Les plages du Débarquement étaient notre seule ligne d'horizon. Du bunker de Sainte-Honorine-des-Pertes, on voyait l'armada alliée émerger à l'aube. Alliée, alliage, alliance. *Remember !*

Le manège sur la place de Q, devant le bazar de la plage. Les lumières clignotantes. Les rampes de lumière. Les clowns dessinés sur la soucoupe volante prise d'assaut par mon plus jeune fils. Ces clowns ce sont ceux de mon enfance, quand mon grand-père m'emmenait au cirque. Le cirque Pinder. Le rouge et jaune. L'immense chapiteau. Ces trois clowns tu les as vus en chair et en os. Ils étaient grands, avaient des chausses démesurées, du fard sur leur visage, du rouge autour de la bouche comme s'ils s'en étaient bâfrés. Ils sont les trois faces de la vie. Le premier sourit. Le deuxième a le visage dur et fermé (il faut bien serrer les dents chaque jour). Le dernier pleure. À quoi pense mon fils à bord de sa soucoupe volante qui ne fait que tourner sur elle-même ? Le manège, ce tourne-disque de l'enfance avec son klaxon, ses sirènes, sa musique criarde.

Les tours de manège de nos enfants que nous regardions tous les deux, en couple, avec cette joie un peu forcée et régressive, les mères toujours plus en phase que les pères avec la naïveté du conte. Les parents assis, déjà presque pétrifiés dans le temps et les enfants dans le carrousel de la vie. Les signes de la main adressés comme s'ils étaient des coureurs, les encouragements pour décrocher le pompon : « Encore un tour ! » Les larmes si on les forçait à s'extraire de leur engin en les prenant sous les bras. Il n'y a plus *nous* devant le manège. Tout est dénoué. Il y a les enfants et moi. Et le manège soudain géant, qui m'écrase.

Les repères ont fondu. Il faut affronter la barre en ciment du réel. Cette fois la foire Saint-Romain à R., en pleines vacances de la Toussaint. Tout a foiré. La marmite de Jérôme Bosch. Le diable. Nos premières vacances, sans leur mère. Les petits ne pensent qu'à sauter, tourner, monter dans les airs, crier de joie, sucrer la vie de barbes à papa. Et toutes ces pommes d'amour, d'un rouge vernissé, pareil au maquillage d'un clown ou d'une pute de Lautrec. Pommes d'amour. *Pommes de reinette et pommes d'api*. J'ai envie de m'en saisir, de les éclater sur le sol. Fasciné, je les regarde comme une obscénité : elles me narguent. Elles sont le monde d'avant.

Je prends les enfants en photo sur leur manège avec mon smartphone. Mais leur sourire que je vois apparaître instantanément sur l'écran me désole, me semble à côté car nous avons entamé ensemble le chemin du calvaire mais ils ne le savent pas.

J'avais trois enfants pleins de vie. Lieu commun de l'époque : « les enfants sont toujours pleins de vie », ils ne meurent plus en bas âge.

J'étais un homme plaqué par sa femme. Nos parents disaient « épouse ». Mon père présentait ma mère comme son « épouse ». Je l'entendais dire aussi au téléphone « Présentez mes hommages à votre épouse ». Les téléphones de nos parents : le noir en bakélite, le gris en plastique, le bleu marine à touches dont la forme était contemporaine de la Simca Bagherra, le marron avec répondeur intégré.

Dans les films, le téléphone permet d'introduire un renversement de situation, de plonger dans la tragédie ou la comédie. Dans *Le crime était presque parfait* d'Hitchcock, le téléphone occupe une place constitutive du meurtre. Dans *L'hôtel de la plage*, l'un des premiers films que mes parents m'avaient autorisé à voir – ils m'avaient interdit *À nous les petites Anglaises* – les canulars s'effectuent au téléphone.

Quand mon père était en voyage, ma mère chantait

Téléphone-moi de Nicole Croisille. Je la revois aussi fredonner *Message personnel* de Françoise Hardy, « Au bout du téléphone, il y a votre voix », diffusé sur une radio périphérique. Je n'avais pas dix ans quand Claude François gémissait dans *Le téléphone pleure*, l'une des premières chansons sur les pères séparés de leurs enfants.

Les téléphones fixes semblent aujourd'hui aussi anachroniques que la formule « mes hommages à votre épouse ». Nous devions nous montrer « mobiles ». On ne disait plus époux et épouse même si ces mots figuraient encore dans le livret de famille et la Bible. « Enfin, lorsque l'épouse sera prête à rencontrer l'époux, Jésus reviendra pour chercher sa bien-aimée. Après tant d'années de tribulations, ils pourront enfin être réunis. Tous les cieux se réjouiront pour la célébration de cet événement et il y aura une immense fête de noces ! » (Apocalypse 19, 7-8).

Quand on voulait se moquer, on parlait d'épousailles. Combien de temps reste-t-on marié après une séparation ? Les tribunaux civils parlent de rupture du lien conjugal. L'Église prononce les liens indissolubles du mariage.

L'enfance est un paquebot. L'absolu maritime fut pour moi une façon de voir la vie en blanc et bleu outre-mer. L'enfance telle la poupe arrondie du paquebot *Antilles*. Sa ligne blanche sur le bleu épais de la mer. La lumière, partout. Ce soleil jamais trop brûlant grâce aux alizés, l'air parfumé et la vitesse à plus de vingt nœuds. Ainsi la vie ne serait jamais encalminée, prisonnière du pot au noir. La piscine se situe sur la plage arrière du bateau. Elle porte le nom de *Piscine du Palm Beach*. Les palmes. Le palmier. Il est pour moi l'arbre du voyageur, de l'ailleurs. Il porte en lui la grâce et la mélancolie. Arbre de l'enfance et de l'introspection, il prononce des oracles sous le souffle du vent. Ses palmes bruissent. Il est indissociable des paquebots blancs, de la mer des Caraïbes, des îles au crépuscule. Vues du large, les îles semblent se déplacer sur l'eau. Monde flottant. De la fluidité.

Le voyage est une hystérie, un bazar exotique. Mais il permet d'échapper à la névrose des origines, à l'ornière de la famille. Musique, bien sûr. Biguine. Mambo. Cha-cha. Le rythme. En avant toute.

J'ai gardé jamais loin des yeux l'écorché d'*Antilles*. Un écorché tout en longueur. Mot déchirant. Il contient un cri de douleur. Il met à vif ce qu'on ne devrait pas voir. « Écorché, dit le dictionnaire, statue d'homme, d'animal, représenté dépouillé de sa peau, d'après laquelle les étudiants des Beaux-Arts dessinent des études. / Dessin d'une machine, d'une installation dépourvue de son enveloppe extérieure. »

Cela convenait malheureusement à *Antilles*, j'allais presque dire que ça lui collait à la peau ce mot d'écorché qui évoquait à la fois une arme d'Ancien Régime, un instrument de chirurgie et le crochet d'un boucher. Le beau paquebot blanc de 182 mètres de long s'était déchiré sur un massif de corail devant l'île Moustique dans la mer des Antilles en 1971. Et deux ans plus tôt j'y avais fait ma croisière initiatique, du Havre à Fort-de France.

Ce bateau faisait partie de la maison. Mon père en avait été longtemps le second capitaine et, à son bord, avait appris par télex ma naissance. Ce naufrage, doublé d'un incendie, avait été un chagrin intime. Nous avions gardé à la maison les photos de notre beau paquebot blanc noirci par le feu prises d'hélicoptère, et même du bord où mon père avait été hélitreuillé comme capitaine d'armement pour récupérer le pavillon français. Le monde de l'enfance pouvait donc se déchirer, être incendié, faire naufrage.

Il m'arrivait de regarder cet écorché dans ma chambre, pareil à un gisant, et d'embarquer comme si j'étais un Lilliputien dans le roman de Perec *La vie mode d'emploi*, le passager clandestin du labyrinthe de mon enfance. J'allais d'abord vers l'image de la piscine avec son odeur de vernis, de sel, de chlore, de crème bronzante et qui resterait, pour moi, *la piscine*. Il m'arrivait de grimper jusqu'à la salle de jeu, de descendre jusqu'au salon de lecture et d'écriture, de rejoindre la salle à manger réservée aux enfants ; voire de plonger jusqu'aux machines et chaufferies – les premières éventrées lors du naufrage – et de respirer l'odeur d'huile dans le garage où stationnaient sur l'écorché de longues américaines.

J'avais passé ma vie entre ponts et machines, entre le bruit, la graisse, le noir, le claquement des pistons et le *Sun Deck*, la passerelle d'où j'avais embrassé la vie dans toute sa sérénité et sa beauté.

Cette traversée vers les Antilles c'était, après le passage des Açores, une parenthèse d'équilibre, de soleil, de fête. La vie n'était donc pas une navigation de première classe. Je me répétais les mots infiniment poétiques écrits sur l'écorché : « chaumards à rouleaux », « écubier de Panama », « barbotins de gindeaux », « chambre des cartes ». Ce vocabulaire maritime avait survécu parce que la mer est univers de traditions mais les paquebots, le monde des paquebots (pas celui des immeubles de croisière sur l'eau) avait disparu avec le désarmement du *France*. *Antilles*, l'idéal paquebot, avait coulé dans l'archipel de mon enfance. En quittant *Antilles* et les Antilles, j'avais été chassé du jardin d'Éden.

Toute évocation de la Martinique était devenue une sirène déchirante de navire. Et pourtant cette lumière, cette fluidité, cette vitesse harmonieuse c'était la vie de famille mais au grand air, sans l'étouffement de la parentèle. Il n'y avait ni hiver, ni tristesse du dimanche soir, ni feuilles mortes. Nous n'étions plus que quatre, mon frère aîné, mes parents et moi. Et ces amis de la Martinique rencontrés à des milliers de kilomètres de notre port d'attache et qui, dans un formidable précipité, dans l'effusion du punch, étaient devenus une seconde famille.

Nous étions tous les quatre sur les photos. Sur le pont du bateau ou les plages de Sainte-Anne et des Salines. Cette joie et cette force d'être ensemble. La danse de la vie attrapée par l'objectif. Les photos sont d'un format moyen, carré, mais de bonne qualité. Elles révèlent des parfums : citron vert, mangue, goyave, langouste grillée, canne à sucre, banane. L'outre-mer est une vie aventureuse par rapport à la province française. On y apprend à apprivoiser l'inconnu et à n'aimer que lui. Le soleil chaud que procurent les semelles des alizés. Bateaux, avions, bonheur des long-courriers. Orly, aéroport bleu comme la piscine d'*Antilles*. L'horizon immense. L'odeur du kérozène. La beauté des grands tableaux. L'immensité.

Au volant de sa BMW blanche, mon père s'arrêtait à son agence maritime prendre les télex tombés dans la nuit. Je l'avais vue se construire cette agence – immeuble rectangulaire qui avait remplacé deux baraquements en bois. À l'époque, la modernité ne nous semblait ni laide ni agressive. Après avoir été second capitaine d'*Antilles*, il avait été nommé commandant. Enfant, je le suivais partout. Sur les bateaux, les quais, dans les bureaux. Il sera toujours pour moi le commandant, le seul à qui j'accorderai un pouvoir surnaturel de transfiguration.

L'agence de la Compagnie générale transatlantique (la Transat) à Fort-de-France était l'embarcadère et le débarcadère de notre imaginaire. On y accueillait les passagers en escale. Nous y décollions vers d'autres îles de la Caraïbe (Sainte-Lucie, Saint-Barthélemy). La Transat avec son pavillon blanc, son disque rouge pareil au soleil de la mélancolie et son timonier à la silhouette de Corto Maltese tenant une grande barre à roue. Celle du temps de la navigation.

J'étais revenu avec elle à la Martinique. Elle qui avait cette langueur des Tropiques et à l'époque les cheveux coupés à la façon de Joséphine de Beauharnais, créole d'origine. Voyage en famille. Mes parents. Mon frère. Sa femme. Leurs enfants. Notre fils aîné et alors unique, un peu plus jeune que je ne l'étais lors de mon arrivée aux Antilles. Je voulais transmettre aux êtres que j'aimais le plus au monde les parfums de l'émerveillement. J'avais emporté avec moi les livres que mes parents lisaient dans les années 70 lors de notre départ pour la Martinique. Nous avions confectionné les punchs à l'identique. J'avais montré à ma femme les lieux de mon enfance : la villa des Rochers, l'école des Rochers, l'école des Lauriers-Roses, les plages des Salines, de Sainte-Anne. Il n'y a pas d'alliance sans le roman de deux enfances qui finissent par se fondre dans le même or. C'était certain, nous allions revenir aux Anses-d'Arlet, et pendant l'hiver métropolitain trouver un point de chute pour y nicher notre bonheur au soleil, les pieds dans l'eau.

La dernière fois que j'ai vu l'agence de la Transat à Fort-de-France, c'était de loin. De l'aileron d'une frégate grise de la Marine nationale. Dans mes yeux, un nuage de cendre recouvrait le bleu de la mer : la fin d'une histoire d'amour – et encore plus d'une famille – assassine le pays miraculeux de l'enfance. La chute nous fait basculer de l'âge adulte à la fragilité de l'enfant abandonné que nous restons toujours plus ou moins. Je n'aurais pas voulu m'approcher de trop près de l'agence, elle aurait produit une lumière brûlante en contraste avec le paysage des ombres qui, désormais, était le mien. Sans doute avais-je idéalisé le roman des Tropiques. Mais il m'avait constitué. Et quand je retrouvais son parfum, je devenais d'un coup léger, dans l'aventure de la vie. Si cela était détruit à son tour, j'étais mort. Aurais-je imaginé revenir à la Martinique, seul, sans mes enfants, comme un demi-solde de l'aventure ?

Le bonheur profond, ample, souple d'une famille qui se déploie comme une voile m'avait quitté. Désormais, je n'aurais plus qu'une névrose à sucer pour me remémorer l'âge d'or du passé.

J'avais tout perdu au point de vivre dans une sorte d'apesanteur. Plus rien ne me concernait vraiment. Mon quotidien était un éreintant retour de flamme, un arrosage de sentimentalisme. Je comprenais, soudain, le sens de l'expression « grimper au mur ». Cela signifie que votre esprit sort de vous-même et qu'il se colle au mur au point de vouloir s'emmurer. Est-ce le dédoublement, une psychose, le début de la schizophrénie ? L'ouragan de la mélancolie arrachait les palmiers de mon enfance.

J'en revenais toujours au palmier. Je ne voulais conserver que lui. Je l'avais poursuivi toute ma vie. Il symbolisait ma recherche inextinguible des Tropiques. Il me sidérait, m'éventait, m'accordait le souffle. Il est si grand, gracieux. Il était ma féminité. Mon bovarysme des Tropiques. La vie n'était supportable que si elle était cette île à la dérive. Je me remémorais la poésie de Cendrars : « Îles / Îles / Îles où l'on ne prendra jamais terre. / Îles où l'on ne descendra jamais. » Combien de fois m'étais-je accroché à cette phrase comme un naufragé à son tronc ?

« Calme, calme, reste calme ! / Connais le poids d'une palme / Portant sa profusion ! » écrivait l'impérial Paul Valéry.

Il n'y avait plus les maracas, le banjo, la trompette de l'orchestre de Loulou Boislaville quand il venait quai de l'Escale jouer *Adieu foulard. Adieu Madras.* Tu n'étais qu'un enfant et tu dansais avec les belles doudous. Si la vie n'était pas un paquebot sur le point d'appareiller au rythme de la biguine, valait-elle d'être vécue ? Désirade, Marie-Galante, Sainte-Lucie, Barbade, Saint-Vincent, Béquia, ce chapelet d'îles déclinait les sonorités de l'enfance.

Ce voyage à bord de la frégate commençait comme un voyage de deuil. J'avais besoin de m'isoler dans ma cabine, de m'abîmer dans le chagrin et revivre les souvenirs flottants de mon passé, celui de l'unité. L'un des premiers poèmes que j'avais appris enfant était *La Frégate La Sérieuse* d'Alfred de Vigny. « Qu'elle était belle, ma frégate / Lorsqu'elle voguait dans le vent ! / Elle avait, au soleil levant, / Toutes les couleurs de l'agate. » J'étais un électron, un confetti au milieu de ces marins. Comme moi, ils étaient pères d'une famille nombreuse mais la leur n'avait pas éclaté. Je convoquais mes fantômes et c'était le seul moment où je trouvais un peu d'apaisement dans des journées inflammables.

Nous étions au mois de septembre. Un an plus tôt, le jour de mon anniversaire, j'avais reçu une lettre d'avocat me demandant le divorce « pour les raisons que vous savez ». Non, je ne savais pas les raisons puisqu'elle était partie, sans préavis, d'un coup, à la fin de l'été. Elle avait renversé notre monde comme un plateau d'échecs dans le fracas de toutes les pièces maîtresses et des pions. Le chœur du village et son coryphée le clamait : j'étais devenu fou.

La tête de la boulangère quand elle m'a vu la première fois après le séisme. Les yeux écarquillés elle se demandait si j'étais un client psychopathe qu'il valait mieux servir ou si elle devait appeler les forces de l'ordre et se réfugier dans l'arrière-boutique.

Il fallait accréditer l'idée du bourreau. Cela me renvoyait au livre de Norman Mailer, *Le chant du bourreau*. Je n'étais pas Gary Gilmore, un débauché, collectionneur de femmes mais un homme amoureux de sa femme. Les histoires d'amour à l'américaine font près de mille pages quand une histoire d'amour française bien narcissique comme la mienne en atteint à peine la centaine.

Le bourreau. J'appartenais à une lignée et à une famille de bourreaux. Un proche s'était suicidé le jour de Noël et avait écrit sur une simple feuille, alors qu'il prenait la voie de la mort, « La prière du bourreau ». La folie c'était quoi au début du XXIe siècle ? Dans ce monde où la connexion forcenée enchaînait les individus comme des aliénés. Il fallait pourtant rester sur le ring grâce à la poésie et à l'esprit d'aventure. À l'outre-mer justement. Rien ne m'est plus étranger que la résilience, ce pansement pour urbains dépressifs et dépossédés d'eux-mêmes. Je comprends le comte de Monte-Cristo, l'esprit de vengeance que réprouve la Bible mais qui porte le héros grec. Et souvent, le soir, sur les routes désertes et nocturnes de la province française, je me prenais pour un personnage de Simenon qui reviendrait chez lui après un long exil.

J'ai gardé une photo comme preuve de notre bonheur avant le grand incendie et le négationnisme des jours heureux. Elle, sur la plage de Port-Haliguen, en Bretagne, habillée d'une robe d'été vert bouteille, le sourire en offrande ce jour-là, avec notre fils qui commençait à peine à marcher. L'épanouissement devant la beauté océanique. Le bleu profond de la mer, celui de l'enfance, le soleil. Dans le fond, un vieux gréement à la coque vernissée naviguant avec une voile de couleur rouille. Notre fils se souviendrait-il de cette plage du Fort Neuf à Port-Haliguen ? Cette plage que nous avions connue, elle et moi séparément, enfants, était devenue notre ruban commun et enlaçait notre histoire.

Deux ans plus tôt, un été aussi, elle attendait notre premier enfant quand nous avions appris, toujours en Bretagne, le suicide de Nino Ferrer. *Le Sud*, chanson de notre jeunesse. Le chanteur venait de se mettre une balle dans la tête, au milieu d'un champ de blé. Un suicide sous une lumière écrasante. Ce champ de blé allait longtemps me hanter. Le Sud, une vie rêvée, suspendue, ailleurs. « Il y a du linge étendu sur la terrasse et c'est joli. » Comme ces tentes de toile carrée sur la grande plage de Quiberon. La plage, ce lieu suspendu et solaire, territoire épargné par la défiguration du temps et de la mort. La fluidité lumineuse s'oppose à la rigidité mortuaire. Pourquoi voulons-nous toujours retenir les étés de nos vies ?

Ce serait bientôt l'automne. Toute ma vie de famille avait été ravagée. Ou plus exactement il subsistait des éléments du décor : la table de jardin, les chaises longues, le hamac, mais tous les personnages avaient été balayés par le vent mauvais. Le point de vue changeait. La maison pleurait. Oui, la vigne vierge qui en recouvrait les murs perdait ses fruits pareils à de petites perles qui tombaient comme des larmes. Une maison ne tient qu'avec le souffle de ses habitants. La nôtre était devenue désoccupée (*disoccupata*) et préoccupée.

Je naviguais à bord d'une frégate. Une parenthèse de quiétude et d'oubli en comparaison de la guerre intime que je subissais. « Être en guerre » : comme nous avions abusé de cette expression dans notre vie privée et aussi dans l'actualité publique. Après les attaques du 11 septembre 2001 ou une tuerie de masse. Et pourtant nous, Occidentaux, Européens pacifiés, avions mis la guerre de côté. Nous avions joué avec ce mot pour nous donner des vertiges d'absolu et de peur. La chute du mur de Berlin nous avait procuré l'illusion que le monde serait sans conflit. Nous étions une génération déconstructiviste et post-rock'n'roll. Entre variété française, mélodie sucrée et disco américaine. Nous pensions que la nuit était une bulle de légendes. Notre génération était sentimentaliste. Nous étions convaincus que la dernière aventure était l'amour, le couple, autant dire le triomphe de la pensée bourgeoise consumériste et romantique. Nous chantions *Foule sentimentale* et arborions nos bons sentiments sous forme de pin's.

En plein été 1990, nous avions joué à la guerre. Le

2 août, l'Irak avait envahi le Koweït. La veille j'avais été incorporé sous les drapeaux. À l'idée de partir au service militaire et de perdre ma liberté – cette liberté dont nous nous gargarisions, nous les enfants des libertaires et des libéraux –, j'avais chuté des rochers de Belle-Île-en-Mer et m'étais salement fracturé la cheville.

J'étais arrivé sur des béquilles et la jambe dans le plâtre à la caserne. Éclopés de l'Histoire ça nous allait bien. J'ai regardé la guerre, raconté la guerre moderne du point de vue de Saint-Cyr-l'École, ce beau jardin du XVIIe, cette construction de l'esprit français où je lisais Alexandre Dumas et le cardinal de Retz tout en regardant sur la Cinq, la chaîne de télévision, les uniformes pixélisés des soldats du général Schwarzkopf et les bombardements contre Bagdad sur CNN, qui faisaient songer à des jeux vidéo striés de lasers verdâtres.

C'était le début des chaînes d'information en continu, des *breakings news,* de la dramatisation de l'information. L'été 90 avait été caniculaire. L'hiver suivant sibérien. Nous craignions déjà les attentats-suicides. Nous montions la garde à balles réelles, en tenue camouflée durant des nuits glaciales, au nom d'une guerre nommée «Tempête du désert». Cette amplitude thermique annonçait le réchauffement climatique, le suicide de la planète et de l'humanité. Toute la dramaturgie de notre époque se mettait en place et nous ne nous en apercevions pas: la guerre au nom de la liberté et des puits de pétrole, la construction de l'axe du mal, le réveil du monde arabe dont nous ne connaissions rien hormis ce qu'avait raconté T. E. Lawrence dans *Les sept piliers de la sagesse.*

Cela ne nous empêchait pas de partager un café avec les sergents féminins en treillis de la 5ᵉ compagnie en écoutant *Un enfant de toi* de Sardou sans nous imaginer que ces paroles nous feraient un jour pleurer. « Moi l'idiot, le dernier des hommes, l'éternel absent, le moins que personne, j'aurai sur mon cœur quelqu'un de moins fort que j'endormirai avec des chansons. Comme un Dieu oublié du ciel je l'admirerai moi, son plus petit. Comme un homme devant un géant, moi, pour cet enfant, je me grandirai… »

Ce service militaire fut une promesse de vie stendhalienne. Cette guerre du Golfe une illusion. Quand j'ai rendu mon paquetage, j'ai compris que c'en était fini de ma vie de garçon. Nous n'étions pas des guerriers. Nous allions vivre une époque de tueuses et de tueurs.

« Il faut tourner la page », m'a-t-on dit. C'était une rumeur bienveillante. Je crois que mon avocate a prononcé cette même phrase lors de notre première rencontre. Un ami, l'un des plus clairvoyants, m'a dit : « Tu verras, tu en riras plus tard. » Et il ajoutait : « Je suis bien placé pour le savoir : la vengeance ne sert à rien. » Il avait affronté le mal. L'adversaire.

J'avais beau essayer de me remémorer les phrases d'écrivains sarcastiques sur le mariage, rien ne me détournait de mon souci. Le mariage est l'issue que les hommes ont trouvée pour échapper à la tragédie. D'ailleurs, je ne parvenais plus à lire tant mon crâne était fendu comme un billot de bois, à la hache. Une femme m'avait aimé, désaimé, quitté. La banalité avait de quoi faire rire. J'étais un quadra occidental, bien nourri. Le confort irriguait mes veines.

J'étais à bord d'un bâtiment de guerre en compagnie d'un ami qui me soutenait comme une fleur anémiée. Notre escale principale était Port-au-Prince. Un tremblement de terre avait fracassé l'île. Des failles cisaillaient les routes. L'île n'était plus qu'un cercueil où le béton s'emmêlait aux racines du végétal. Le peuple était orphelin de tout ce qui était humain et implorait Dieu à coups de slogans peinturlurés. Je restais emmitouflé dans mon écharpe de douleur. Ces failles me renvoyaient à mes propres fractures. Je pensais à la couverture Folio de *La fêlure* de Fitzgerald, où un homme est assis sur une chaise, lézardé de la tête aux pieds. J'étais un être pétrifié sous les Tropiques. J'avais honte de mon exil intérieur.

Et pourtant, j'étais outre-mer, dans les couleurs de mon enfance, l'archipel des palmiers transformé en triangle des Bermudes. À la Martinique, les Haïtiennes étaient des femmes d'exception, aux yeux bleus ou verts. Le nom du rhum haïtien, Barbancourt, invitait à une rêverie musicale. Mon père, capitaine au long cours, avait souvent fait escale à Port-au-Prince. Il avait conservé pendant trente ans dans sa robe de paille une bouteille de Barbancourt, et me l'avait offerte à un anniversaire au temps de ma vie de couple où les déjeuners de famille étaient des feux d'artifice de sentiments. Adolescent, la lecture du long poème *Au pipirite chantant* de Jean Métellus avait réveillé en moi le songe des Antilles. « Au pipirite chantant pèse la menace d'un retour des larmes. / Au pipirite chantant les heures sont suspendues aux lèvres des plantations. »

Et plus loin, « Je dis oui au souffle des Caraïbes ». Haïti se confondait aussi avec la lecture des nouvelles de René Depestre *Alleluia pour une femme jardin*. Je conservais le souvenir de cette tante du narrateur dont l'érotisme chaloupé était un défi à tous les sermons de Dieu et qui allait être sacrifiée comme une déesse insulaire et insoumise. Les femmes des îles resteraient à jamais inscrites en moi.

Elle a dit : « Mon départ a été très rock'n'roll. » Elle portait des Converse bordeaux. Nous étions dans le cabinet de son avocate. Cette phrase m'a hanté. En effet, tout avait volé en éclats. La fragmentation privée. *Rock'n'roll.*

Je me souviens précisément de *La bombe humaine* chantée par le groupe Téléphone. Sur une pochette blanche, trois hommes, Jean-Louis Aubert, Louis Bertignac, Richard Kolinka, et une femme, Corinne Marienneau. Ils sont nus : quatre pubis alignés. Les hommes ont coincé leur sexe entre les jambes pour imiter le sexe féminin. Provocation au nom de l'égalité. Transformisme avant le *queer* et les *gender studies.*

Notre jeunesse avec *Téléphone*. Ampli à fond. Enceintes au bord de l'explosion. Tous les bourgeois aiment le rock. Tous les vieux sont des enfants du rock'n'roll. Sans la bourgeoisie le rock serait resté lettre morte.

Trente ans plus tard, je regarde mon fils cadet de neuf ans jouer à la guitare « Je rêvais d'un autre monde » sur la scène d'un centre culturel, le Drakkar. Mon fils interprétant

Jean-Louis Aubert dont il pourrait être le petit-fils, avec ses cheveux longs, son polo de rugby à rayures blanc et bleu et son bracelet brésilien. Concentré, il joue avec application cette chanson qui me vrille le cœur. Batterie. Je suis dans les décombres. Et c'est déprimant un centre culturel de périphérie, un dimanche après-midi.

Autour de moi des couples, des familles, des appareils photo. Je crève de solitude. Pour mes fils la révolution ne sera pas une idée. Ils la vivent. *La bombe humaine.* Ligne mélodique et contestation en baskets: « La bombe humaine, tu la tiens dans ta main. Tu as l'détonateur juste à côté du cœur. [...] Mon père ne dort plus sans prendre ses calmants. Maman ne travaille plus sans ses excitants. »

J'ai l'impression que je ne pourrai plus rien transmettre à mes enfants puisque l'essentiel a irrémédiablement brûlé. « Rock'n'roll », a-t-elle dit. Voulait-elle dire de l'adrénaline, du rythme, un riff? Waouh! Ces battements me semblaient si éloignés de ce que je vivais avec les enfants alors qu'elle était encore officiellement mon épouse et moi son époux. Au centre culturel le Drakkar, je suis jeté en pâture dans l'arène familiale.

Le professeur de musique de mon fils (il a été lui-même le guitariste de Louis Bertignac) joue les premiers accords de guitare et saute avant l'attaque de la batterie les deux pieds joints sur scène comme le font tous les rockeurs. Je ressens une sensation de perte accentuée par la vision de mon fils qui sans doute aurait rêvé d'un autre monde et dont la tristesse presque sage me met les larmes aux yeux. Je ne suis qu'un petit mec sentimentaliste aveuglé par son chagrin. Je fais le deuil du bonheur que j'ai rêvé de donner à mes enfants.

La chanson qui clôture le concert de toute la classe de musique, comme un chœur d'adieu, est : *Voilà, c'est fini.* « On a tant ressassé les mêmes théories. On a tellement tiré chacun de notre côté. Que voilà c'est fini. Trouve un autre rocher, petite huître perlée. »

Dans un précipité, ce concert ravive avec un lance-flammes ma jeunesse, l'échec et la trahison de nos vies. Ce bouquet de chansons de Téléphone je le transmets à nos enfants dans la tendresse d'une totale désillusion.

C'est le propre de notre génération de mettre en accord nos météorologies sentimentales avec la variété française. La génération du rock s'est, elle, débarrassée de ses états d'âme. L'héroïne est supérieure à la guimauve.

Le retour le dimanche vers la maison, seul, avec mes fils : la perspective des devoirs, des bains, du coucher. La grande nuit. Mon fils aîné n'a que douze ans mais il me guide, me porte. Il est Enée.

J'ai été expulsé du centre-ville vers la périphérie. Je passe mon temps sur le parking des zones d'action commerciale. La voiture. L'illusion du mouvement et de l'action pour ne pas rester comme un oiseau mazouté. Je conduis les enfants à leurs cours de musique, au foot, au tennis, faire des courses. Toujours des courses. Sur les parkings, je regarde, fasciné, le ballet des caddies. Après avoir coupé le contact, il m'arrive de rester coincé, mains accrochées au volant, sidéré par la débâcle de ma propre vie. Avec mes deux plus jeunes fils, je vais presque chaque jour chez Joué Club pour leur donner l'illusion que c'est Noël au quotidien, que la féerie se prolonge. C'est l'émerveillement artificiel. Les jouets me renvoient au deuil de Noël.

Aux Antilles, le soir du réveillon, nous chantions à tue-tête *Minuit chrétien*. Nous découvrions le matin du 25 décembre, au pied d'un sapin en plastique – pas de conifères importés en outre-mer – et de la crèche enveloppée de papier roche dont le nom se confondait pour moi alors avec la villa des Rochers où nous vivions –, les cadeaux dont je me souviens précisément et notamment de cette dînette en porcelaine que j'avais cassée le matin même, maladroitement. Le mariage, une dînette pour adultes. Je me souvenais de mes larmes. Mais elles n'avaient pas été aussi traumatisantes que lorsque j'avais laissé dans une île en face de la Guadeloupe où nous passions le week-end un petit ourson gris, le préféré de ma famille d'ours en peluche.

Une dînette, le naufrage d'*Antilles*, un ours en peluche, les pertes de l'enfance, ce paquebot qui restera toute notre vie un vaisseau fantôme.

J'ai devant moi une photo de mon plus jeune fils regardant les mêmes santons qui peuplaient mon Noël antillais. Peut-être y en a-t-il eu deux ou trois de nouveaux venus depuis. Cela devait être deux ans après la séparation. Il a un regard à la fois curieux et impressionné. Il sent bien dans son pull à rayures gris et bleu qu'il est face à un mystère. Cette essence j'essayais aussi de la maintenir à la maison avec les enfants. Je me souviens de mon premier réveillon de père de famille nombreuse en tête à tête avec une pizza. Noël sans mes enfants c'était un peu mon *Noël interdit* de Johnny Hallyday.

Étonnante cette expression de « nouveau père », née avec notre génération. Un oxymore comme en produira tant notre époque avec son écartèlement de valeurs. Nous, les nouveaux pères, allions passer devant le tribunal de l'air du temps et ses tenailles de nouvelles tendances. Et pourtant comme les garçons et les filles de notre génération furent de bons soldats du conformisme ! La précédente génération, celle entre nos parents et nous-mêmes, avait fait mai 1968, participé à toutes les révolutions sociologiques. Nous, nous rentrions à la maison. Dans le rang. Les filles à égalité avec nous. Nous assurions la transition entre le rock et le numérique. Nous ressemblions aux enfants de la Restauration, dénués de la vitalité de ceux qui avaient vécu l'aventure napoléonienne. Vidés, dans les décombres, trop bien nourris pour avoir envie de faire la guerre.

L'unité c'est quoi ? Un moment de fraternité. Une tentative de rendre cohérentes des forces opposées. Unité de temps. De lieu. D'action. La tragédie. Mais aussi le mariage. Unité du royaume. Des frontières établies. La mystification d'un ordre et d'une géographie. L'unité c'est l'enfance. La vie, le voile déchiré.

L'unité c'était notre maison. Je la regarde pour mesurer le temps passé. Me protège-t-elle ou m'écrase-t-elle ? Les lumières chaudes et orangées sont des rectangles de couleur qui attendrissent et réchauffent la façade. Le toit de tuiles se découpe dans la nuit bleutée. L'heure bleue, c'était notre préférée dans ce port d'attache.

J'ai vécu le déchirement entre le nomadisme et le déracinement. Tout a été emporté par un cyclone intérieur. L'âme de notre maison s'est évaporée. Elle vacille. Elle est devenue plus fragile. La mort aspire le réel et impose le silence. La chaleur a disparu. Ne restent que les vestiges. J'entends la peinture se craqueler. Je préside seul à ma table comme la statue du commandeur. *Esseulé*, j'aime ce mot.

Il évoque l'errance, une solitude volante, celle des moines gyrovagues que l'Église finit par condamner. En dehors de cette maison, je m'effondre, les os brisés comme si je n'étais que fractures et fièvre. La vie est devenue un mur de béton contre lequel je me cogne de toutes parts.

La perte, voilà ce que j'ai appris. Pas la perte d'un parent, d'un ami, non la perte de sa propre vie. La conscience de son propre anéantissement alors que chaque jour, nous apprenons la mort d'individus célèbres ou pas, qui ne sont que des ombres, des statistiques. Au-delà de soi, c'est la perte d'une famille. Faire le deuil de sa propre famille. Pas celle dont on est issu avec sa charge névrotique mais celle que l'on a soi-même construite, comme une colonne, une œuvre vivante et imparfaite. Un miracle que l'on veut soustraire aux attaques extérieures. Ovide a écrit dans les *Métamorphoses*: « Cependant le père tout-puissant fait le tour de l'immense enceinte céleste et, dans la crainte que par quelque endroit, ébranlée par la violence de l'incendie, elle ne s'écroule, il l'examine. »

Les hommes sont toujours voués à une forme ou une autre de guerre. À l'âge adulte, nous affrontons les forces mortifères qui tentent de nous défaire.

J'ai la conviction que mes enfants ont perdu leur innocence. Je l'ai perçu dans leur regard qui ne rirait plus comme avant. Fini la comédie. Cette perte que je ne peux réparer, je ne m'en remets pas.

Père et mère, nous sommes devenus avec les temps modernes les guerriers du quotidien. Nous nous éloignons du divin, du sacré. La solitude du père, j'en prends conscience quand je mets notre dernier fils sur mes genoux pour l'habiller. Il y a une façon d'enfiler des chaussettes, d'ajuster un pantalon qui n'appartient qu'à une mère. J'aimerais prendre mon temps, m'appliquer dans chacun de mes gestes. C'est fou ce qu'on se souvient de sa propre enfance dans les gestes qu'on doit accomplir singulièrement seul.

J'en riais presque quand je pensais à Malraux et je l'imaginais observer ma vie de petit-bourgeois à la renverse, mon fils sur mes genoux au bord des larmes, à la moindre maladresse de ma part. Dans notre jeunesse, nous nous étions gargarisés de son esprit d'aventure. De cette phrase : « L'intelligence c'est la destruction de la comédie, plus le jugement, plus l'esprit hypothétique. » La destruction de la comédie, je la ressentais dans ce que j'étais devenu. Comment se mesurer à l'Histoire quand on est perclus de rhumatismes sentimentaux ? J'étais recouvert par un quotidien ménager, noyé dans la logistique alors que je m'étais efforcé depuis mon entrée dans la vie d'adulte de prendre la tangente.

Combien de fois étais-je parti sur les traces de Malraux en Asie du Sud-Est ? Lors de mon premier voyage au Cambodge, j'étais accompagné de la photographe Mary Ellen Mark. Elle avait vingt ans de plus que moi. C'était une liane avec une longue tresse de cheveux qui lui tombait dans le dos. On aurait dit une Sioux. Femme de terrain, souple, agile, elle flairait très bien les êtres. Ses séjours en Inde avaient renforcé son intelligence instinctive, sa sensibilité reptilienne. Elle avait photographié les déglingués de la vie aux États-Unis, les putes de Calcutta, les enfants des gangs, mère Teresa, la sainteté de la rue.

Je faisais mes débuts dans le reportage de voyage, cette plaisante mystification. Nous étions envoyés pour raconter l'histoire de l'École française d'Extrême-Orient qui, cette année-là, fêtait ses cent ans. Mary Ellen avait un assistant, un New-Yorkais à l'accent irlandais. Et moi, j'étais son chevalier servant. Il nous arrivait à tous les deux de sortir dans la seule boîte de nuit de Siem Reap – les temps ont bien changé – à l'entrée de laquelle il était écrit sur un panneau: «*No bomb. No gun*». Le cauchemar de la guerre civile recouvrait encore ce pays du sourire capable de transformer les enfants en tueurs de leurs parents.

J'avais négocié (cent dollars) avec le gouverneur de la province la permission d'aller sous escorte au temple de Banteay Srei, *le temple des femmes*, dans une région où se cachaient encore des Khmers rouges. Banteay Srei que Malraux avait pillé comme un vulgaire trafiquant d'art. Nous avions roulé pendant deux heures sur une piste de latérite, bordée de palmiers de toutes tailles, de rizières et sur laquelle brinquebalaient des hautes charrues de bois médiévales aux larges roues, tirées par des buffles, à l'allure proche de celles qui avaient dû servir à transporter les féminités volées.

À chaque cahot, cette route de latérite nous chantait l'épopée de Malraux, dans la fumée blonde et poivrée des cigarettes de nos deux jeunes gardes armés d'AK47. En cas d'attaque, l'affaire aurait rapidement viré en notre défaveur. Mais nous avions cette insouciance, cette intrépidité que procure le voyage qui enchante le réel.

Nous touchâmes le Graal. D'emblée, j'avais été envoûté par cette beauté isolée, à l'écart, intacte grâce à une protection divine et végétale. Pendant des siècles, elle avait été recouverte par la forêt du Cambodge et ses arbres au pied d'éléphant. Et c'était peut-être la raison pour laquelle on percevait la force du langage des pierres sacrées. Nous étions seuls, Mary Ellen, son assistant, nos deux gardes. Banteay Srei n'était pas encore ce site touristique qu'il deviendrait ensuite avec parcours balisés, cordes comme dans les musées pour tenir à distance les visiteurs, magasin de souvenirs et parking de bus. Nous avions écouté les paroles de cette citadelle des femmes en grès rose.

Situé à vingt-cinq kilomètres au nord-est d'Angkor Thom, Banteay Srei était décrit par les archéologues et architectes comme un « bijou précieux », un « joyau de l'art khmer », un « caprice ». Les qualificatifs soulignaient la délicatesse, le raffinement. D'influence indienne, appelé originellement temple d'Içа varaparu, il combinait à la fois « une grande résistance à l'érosion et une texture fine et régulière permettant aux sculpteurs de le tailler comme on travaille le bois de santal ».

Nous étions au cœur de l'aventure mythifiée. Je me plongeais dans un face-à-face avec les apsaras que Malraux avait déquillées à la scie égoïne en octobre 1923.

Au temple des femmes c'était bien l'oracle de l'aventure

que nous venions guetter. Même s'il avait été dégagé de la végétation, reconstitué par ce procédé réparateur de l'anastylose, on pouvait imaginer les ruines découvertes par Malraux et son ami Louis Chevasson, les statuettes ou plus précisément les cubes de pierre rendus miraculeusement légers par la grâce des danseuses. Cette voie royale c'était cette piste de latérite si rurale, mais d'une force spirituelle inouïe qui menait aux noces des pierres et de la forêt, des grands arbres et des statues. Ce chemin, le fameux dao en chinois.

À vingt-trois ans, prétentieux et orgueilleux, Malraux avait découvert la voie de l'action, son exotisme. Il avait aussi en très peu de temps liquidé la question du mariage en épousant Clara Goldschmidt ou plutôt l'avait dissoute dans le courant de l'Histoire. La vie privée, le misérable petit tas de secrets, les névroses familiales, il les avait chassés dans le mirage de l'aventure. Nous parlions souvent de Malraux avec Mary Ellen. Elle le considérait comme un « bad boy » un peu excentrique, un « *Frenchie* » un peu « *bastard* » mais « *good writer* » que la loi américaine aurait fait tomber de son piédestal pour avoir pillé un chef-d'œuvre de l'humanité. Malraux s'était défendu en affirmant avoir prélevé « quelques reliefs tronqués » d'un amas de pierres dont la hauteur ne dépassait pas 1,20 m. Après son passage tempétueux, l'École française d'Extrême-Orient avait décidé de procéder au relèvement de « la Citadelle des femmes ».

Mais pour l'EFEO, Malraux resterait l'ennemi. Et cette méfiance, cette indignité se transmettrait de génération en génération de chercheurs de la prestigieuse école.

Pendant nos trajets entre les temples, quand nous transportions sac d'appareils photo, pieds, réflecteurs et projecteurs, je racontais à Mary Ellen la fabuleuse et méconnue histoire des pionniers de l'École française d'Extrême-Orient. C'était bien français de s'intéresser à ce passé alors que le Cambodge sortait à peine du royaume des morts. Partout, nous butions contre l'ombre de Malraux, mauvais génie de la forêt des pierres. Comme Claude Vannec, son double, nous n'entendions dans la chaleur montante que le chant des cigales métalliques.

Au temple de Banteay Srei, nous avions l'impression de toucher du doigt le sens de notre aventure khmère, sans la détruire. C'était l'ailleurs dont j'avais rêvé. Cette Asie allait devenir le seul réel que je jugerais supportable. Il était léger, parfumé, excitant puis lénifiant comme l'opium. À Banteay Srei, j'interrogeais aussi les gardiennes de la féminité. Il y a dans tout voyage, dans tout reportage, une « torpeur si violemment sexuelle », une érotisation due au mouvement, à l'inconnu, à la solitude et au champ des possibles : le monde est illusoirement à nous.

Malgré notre différence d'âge et de statut avec Mary Ellen, nous avions du plaisir à nous trouver ensemble. J'avais l'impression d'être un page roulant carrosse avec la reine de la photographie. Rien de tel qu'un reportage pour recueillir un précipité de vie. Entre journaliste et photographe, on se met à nu dans un accord tacite. D'un rapide coup de manche, on dresse le bilan de son passé et on vit intensément le présent. On partage l'intimité du quotidien jusqu'au moment où l'on referme sa porte d'hôtel le soir. Mary Ellen était mariée à un cinéaste, Martin : « Nous avons fait le choix de ne pas avoir d'enfant pour nous consacrer à notre art. » Avais-je compris le sens de cette phrase ? Elle me semblait triste, égoïste mais d'une extravagante lucidité. *La Voie royale*, toujours, qui est en fait la voie de l'inconnu. Perken, l'autodidacte, l'érotomane, prend la parole : « Vous savez aussi bien que moi que la vie n'a aucun sens : à vivre seul, on n'échappe guère à la préoccupation de son destin… La mort est là, comprenez-vous, comme l'irréfutable preuve de l'absurdité de la vie. » Je savais bien que l'art était la réponse, avec la religion, que les hommes avaient trouvée à la volatilité de la vie.

Mary Ellen n'avait consenti à aucun sacrifice au nom de son art photographique. Elle m'avait posé quelques questions discrètes sur ma « *girlfriend* » de l'époque en concluant « *I'm sure she's a very nice girl* », ce qui était une forme d'adoubement. En fait, ma « *girlfriend* » m'avait quitté. Ce n'était pas un amour de passage mais une histoire déterminante, tempétueuse, passionnée. Je venais de vivre une année de tangage. C'était une intellectuelle et elle m'avait ouvert les yeux sur ma part de comédie. Elle grimpait au plafond quand je lui répétais par provocation cette phrase de Malraux : « Les hommes ont des voyages. Les femmes ont des amants. » Cette antienne, nous nous la répétions avec mon ami JR quand, l'été, nous nous gorgions de littérature, d'alcool, de café et de l'excitant de l'aventure.

Mes conversations avec Mary Ellen n'avaient pas l'intensité fébrile de celles de l'anticonformiste Perken et de l'aventureux Claude Vannec. La mort était partout au Cambodge. Pas un mètre carré de terre n'était épargné. Les fantômes rôdaient et le traumatisme avait ébranlé les plus jeunes générations. Nous étions là néanmoins pour raconter une petite épopée qui, souvent, s'avère une imposture ; mettre de la vie, du souffle, de la narration. Mary Ellen avait photographié les entrailles de l'Inde mais pour le Cambodge, cette ancienne terre de l'Indochine française, il me revenait de faire les présentations.

Mary Ellen n'avait pas d'enfant mais ne cessait de les photographier. Une façon de se les approprier. Ces visages tantôt tristes, tantôt éclatant de rire côtoyaient les 172 visages ironiques et faussement assoupis du Bayon qui, à l'aube et à la nuit tombante, sous la lumière du soleil ou de la lune, s'animaient en se mettant à parler le langage de la forêt et des dieux.

Un petit peuple pauvre et céleste habitait les temples.

Un enfant torse nu, accompagné d'un chien jaune, une bonzesse au crâne rasé. Il y avait aussi des jeunes femmes vues de dos, des ombres virevoltantes dans les galeries. Derrière le Bayon, se trouvait une pierre tombale : «*À la mémoire de Jean Commaille, premier conservateur d'Angkor tombé à son poste, le 30 avril 1916, à l'âge de 48 ans*».

Les Khmers l'appelaient encore, avec un accent nasillard pareil au cri de la corneille, «*Monsieur Commaille*», comme si nous allions le croiser autour d'une allée ou d'un temple. Il avait connu Angkor à la fin du XIXe siècle.

Imagine-t-on aujourd'hui la vie de cet homme ? Après la mission Doudart de Lagrée, il fut le premier à pratiquer un relevé cartographique, à déchiffrer méthodiquement les temples. Cet ancien légionnaire était un peintre aquarelliste, tout en douceur. Je m'étais pris d'affection pour lui car sa pierre tombale se trouvait à l'écart des routes du parc d'Angkor. Mais ce qui retenait ma tendresse c'était sa paillotte ou plutôt son bungalow.

Or, un bungalow, Jean Commaille en avait construit un comme un îlot conradien menacé par le soleil, la pluie et les termites qui avaient bouffé en un rien de temps le plancher. Dans le bungalow, cet espace de douceur que les Occidentaux tentent de se ménager sur des terres hostiles et inconnues, Commaille apporta même un piano sur lequel jouait sa femme. Toutes les femmes de coloniaux se piquaient de musique, ces notes de la civilisation, ultime digue contre la folie. Mais le plaisir des accords ne résista pas longtemps au désordre de la jungle et des dieux. L'épouse de Jean Commaille plia bagages, rentra en France par bateau. «Quand il pleut, écrivit-il à sa hiérarchie de l'EFEO, une mare se forme sous les pilotis et quand nous restons 2 jours sous cette pluie cette mare devient un bourbier infect. »

Commaille avait été un homme des marges. Militaire et non architecte. Légionnaire et non pensionnaire. Enthousiaste et jamais rond-de-cuir. Peintre, artiste avant tout et donc indiscipliné.

J'avais parlé à Mary Ellen de l'épisode du piano et du départ de l'épouse de Commaille, à bout de nerfs, lui restant sur son rocher, tel Sisyphe avant d'être assassiné par des bandits qui lui volèrent l'argent qu'il devait donner aux coolies qui travaillaient avec lui à la restauration des tombes : *Miserere.*

Mary Ellen ne s'intéressait qu'aux visages. Elle les chassait, les vampirisait, les transformait. La face du réel était son affaire. Moi, je fuyais le réel comme tout jeune homme enfumé de littérature. En France, nous n'avions pas pris la mesure du génocide. Nous avions vu *La déchirure,* bien sûr, regardé avec distance la folie des Khmers rouges. Même les enfants semblaient ébranlés par la mémoire de ce traumatisme. J'étais sidéré quand je voyais Mary Ellen shooter ces petits va-nu-pieds plongeant dans les douves d'Angkor, ce porteur de bois de dix ans trempé par la pluie et l'entendais s'exclamer : « *So cute !* », « *Beautiful !* ». À cette époque encore de l'argentique, elle devinait déjà le tableau qu'elle avait saisi. Et dans le regard de ces enfants qui m'a si longtemps hanté, il y avait toute l'innocence profanée.

J'ai gardé cette photo de l'enfant assis sur les marches du Bayon, tenant entre ses mains la tête de son chien endormi. Elle est à côté d'une photo de mon fils cadet âgé alors de six ans que je tiens par l'épaule et serre contre moi, dans le jardin de mes parents. De nos étreintes, de notre affection, quelles traces laissons-nous ? De nos « je t'aime fort », « je t'aime grand comme ça ». Combien de fois prononçons-nous « mon amour » dans une vie en prenant conscience que c'est une digue dérisoire contre la mort qui nous emportera dans l'oubli ? Les mots, les gestes d'amour que nous recevons sont notre peau. Ils nous sculptent, nous permettent de tenir debout avant l'effondrement, l'arrachement à ceux que l'on aime.

Devine combien je t'aime est un livre carré et cartonné de la collection Pastel de l'École des loisirs. « C'est l'heure d'aller dormir. Petit Lièvre Brun attrape les longues oreilles de Grand Lièvre Brun et ne les lâche plus. Il veut que Grand Lièvre Brun l'écoute vraiment. "Devine combien je t'aime, lui dit-il. — Comment veux-tu que je devine cela ?" demande Grand Lièvre Brun. »

Vingt pages qui constituaient pour moi un chef-d'œuvre. À l'âge adulte, il me bouleverserait autant que *L'éducation sentimentale* de Flaubert ou *Le Vicomte de Bragelonne* de Dumas. Grand Lièvre Brun et Petit Lièvre Brun me renvoyaient à cette vision d'enfant d'un lièvre tué pendant une partie de chasse où mon grand-père paternel nous emmenait mon frère et moi pour bien nous faire sentir que nous appartenions à cette terre normande de cultivateurs. Fusil à double canon Manufrance, veste verte huilée avec poche à gibecière dans le dos, chapeau. Mon frère et moi avions été étranglés par ce lièvre qui avait « boulé ». Jamais nous ne pourrions prendre un fusil et viser un animal.

« “Je t’aime jusque la lune, murmure-t-il en fermant les yeux. — Ça, c’est très loin, dit Grand Lièvre Brun, vraiment très loin.” Alors, Grand Lièvre Brun installe Petit Lièvre Brun dans son lit de feuillage et l’embrasse en lui souhaitant bonne nuit. »

Je caressais le front de mes fils et leurs cheveux d’avant en arrière. Je fixais le plafond de leur chambre – mon horizon – et comprenais alors que je répétais à la fois les gestes de tendresse de leur mère que j’avais vue leur prodiguer et les paroles de ma propre mère. C’était le moment des serments d’amour, des forces conjuguées et des promesses de vie fusionnelle : rien ne nous séparerait les uns des autres. Nous étions insécables. Je convoquais dans mon esprit les grands morts, mes grands-parents, mes amis emportés par des maladies foudroyantes et dont je me souvenais dans leur rôle de père. C’était le chœur de mes nuits.

Je n'avais pas d'enfant lors de ce premier voyage à Angkor. J'étais convaincu de n'en avoir jamais. Je vivais dans un studio à Paris, celui de mes années d'étudiant.

À mon retour en France, je compris que j'avais trouvé cet ailleurs que nous recherchons tous, l'antidote à la mélancolie. J'avais découvert le territoire de mon altérité. Était-ce ma vérité ou une nouvelle mystification ? Voyager, la belle affaire ! Cela me rendait néanmoins léger et heureux. Je ne faisais que passer. Le voyage a sa part d'ombre, ses gouffres, ses Charybde et Scylla. L'exil, le déracinement. Le froid intérieur.

J'ai souffert de voir mon père, capitaine au long cours, partir, appareiller d'un port à l'autre, traverser les tempêtes de la mer de Manche alors que j'étais dans mon lit à quelques encablures seulement de son bateau. Je déteste les départs. Les miens. Ceux de mes proches. Comme j'aime voir pourtant le sillage des vols transatlantiques dans le ciel au-dessus de ma maison, au bord des falaises. Les séparations me terrifient. S'abandonner dans l'amour, le corps de l'être aimé, dans l'entrelacs des bras. Puis abandonner. L'arrachement. La pierre tombale entre deux corps. Tant de séparations. Toujours s'arracher.

Une fois à bord de l'avion, je n'ai plus d'attache. Je suis l'amant du monde. En écrivant cette dernière phrase, je mesure la part de comédie et de pose qu'elle renferme. Mais une vie d'homme c'est un pillage d'êtres et de territoires. Nous passons notre existence à beaucoup saccager et un peu à construire. J'ai besoin de cette énergie du mouvement. Et puis il y a le contrecoup du retour, la descente de cocaïne. Les retours sont plus éprouvants que les départs. Le voyage est un arbre dont les branches ont poussé plus vite que la nature. Ceux qui restent vivent dans le cadre. Par essence, le voyage fait exploser le cadre. Le voyage est en toute saison une lumière d'été qui permet de repousser la mort du bout du nez.

Mais cette fois, à mon retour du Cambodge, personne ne m'attend. Celle que j'ai aimée, ma *girlfriend*, m'offre un manuscrit : *Le portail* de François Bizot. J'en oublie presque Angkor tant le style est pareil à un affluent de rivière, plein de sources et de ressources. Bizot, chercheur de l'EFEO, y raconte le Cambodge des années 70, son enlèvement par les Khmers rouges, sa détention, sa partie d'échecs psychologique avec le bourreau Douch qui finira par le libérer, et la chute de Phnom Penh, où la lâcheté française vira à l'infamie.

Bizot – il faut prononcer son nom avec le sifflement du serpent et en Asie les Français qui ont vu du pays s'appellent par leur nom de famille – ressemble à un professeur de littérature de Cambridge. Il en a le blazer et la cravate, le port de tête aussi. Il est en réalité professeur à l'École pratique des hautes études. On le dit espion de la CIA car ami de John Le Carré qui en a fait l'un des personnages de ses romans.

Bizot ne me parle que de Proust, de son enfance alors que je l'interroge sans relâche sur le Cambodge. Plus de vingt-cinq ans nous séparent. Mais nous ne savons pas que nous allons entretenir des affinités dans la traversée des catastrophes. Aucun oracle ne nous avait annoncé que je serais son éditeur, que nous serions frères de chagrin, que nous gueulerions ensemble ses phrases avant de gueuler notre désespoir : nous perdrions chacun notre femme et un enfant.

« C'est par la douleur que vient la connaissance », écrit Eschyle.

La douleur, qu'en savions-nous lors de ce premier voyage au Cambodge ? Nous avions été promis à des états intermédiaires, à une climatologie tempérée. Mais personne au bout du compte n'est épargné par le fracas.

L'enfer c'était un spectacle comme une représentation de la prison de Tuol Sleng, le fameux camp S-21 de la torture, où les cris des suppliciés étaient gravés dans les murs avec leurs traces d'ongles. Comment le corps peut-il endurer le supplice de la potence ? La prison de Tuol Sleng avait été auparavant un lycée. Les Khmers rouges avaient transformé le portique de gymnastique en porte de l'enfer. On peut y lire sur un panneau à destination des visiteurs, touristes des camps de la mort : « Alors par une corde les bourreaux liaient les mains des victimes au dos et soulevaient à l'envers, jusqu'à ce que les victimes perdent la connaissance (*sic*). Et puis, ils ont trempé la tête du victime (*sic*) dans une jarre d'eau puante utilisée comme engrais pour les plantes situées à l'extérieur de la terrasse. En faisant ainsi que les victimes (*sic*) reprenaient alors conscience et les interrogateurs pouvaient donc continuer leur sale besogne. »

Victime et bourreau. C'était le couple qui régissait l'Histoire et nos petites histoires.

La maison. Notre maison avait été construite en 1905 puis était devenue la propriété d'une Franco-Khmère. Ce détail, un signe, confortait mon choix. Je ne l'avais jamais considérée comme normande. Elle était une folie, à part, plantée au bord d'un promontoire, sise à côté d'une villa gallo-romaine, ouverte au soleil, transfigurée par les vents. Résistante. Très résistante. Nous l'avions asiatisée, maquillée de thanaka, cette pâte végétale que les Birmanes mettent sur leurs joues pour se protéger du soleil. Pourquoi vouloir faire voyager une maison ? N'est-ce pas contre-nature ? Une lutte vaine et perdue d'avance contre les lois de la physique et de la géographie ? On avait peint les murs en jaune coquille d'œuf et les planchers en rouge brûlé comme dans les maisons vietnamiennes des années 30.

Il y a encore des tirages papier de nos premières années dans cette maison avant que tout ne soit balayé par le numérique qui participa de l'explosion de notre famille. Nos enfants étaient nés autour de l'an 2000, juste avant ou après la bascule du millénaire. Ils seraient baptisés « Millenials » par l'univers GAFAM. Mais pour le moment ils n'appartiennent à aucun réseau social, qui sera plus tard leur famille, leur parti politique, leur prison.

Tous les anniversaires entre le printemps et l'été sont fêtés dans le jardin. Ils vivent une petite enfance similaire à la nôtre. À notre époque, je ne me souviens pas si des ballons de couleur étaient accrochés au portail. Ils dévorent les mêmes gâteaux que nous autrefois, font des brochettes de chamallows, croquent dans des colliers de bonbons dont nous raffolions à leur âge. Les jonquilles signent l'arrivée du printemps.

L'été, une piscine gonflable avec des palmiers imprimés est posée sur le gazon. Les filles se déguisent en princesse et portent des couronnes dorées. Des chasses au trésor sont organisées. La vie de couple se découpe selon les enseignes. On s'installe à deux et c'est la vie Darty ou Ikea. On a des enfants et on passe chez Decathlon. La domestication est le principe d'une société bourgeoise qui, par-dessus tout, craint que sa progéniture – les petits bourgeois – ne mette le feu aux poudres. La consommation est le début de l'abnégation. On se veut différent des autres mais comme tout le monde nous passons à l'abattoir. Dans *Îles à la dérive* d'Hemingway, je retiens ce dialogue entre le peintre Thomas Hudson et l'un de ses fils : « J'ai cessé d'être pauvre à l'époque où vous êtes venus au monde, mes bonhommes. »

Nous n'étions pas pauvres. Comme tous nos amis, nous appartenions aux classes moyennes. Oui, moyennes. Ce concept avait remplacé celui de bourgeoisie. La statistique, la communauté façonnaient le destin de notre génération. « La stratégie du néocapitalisme, écrivait le philosophe Michel Clouscard, consiste à promouvoir le modèle de consommation transgressive dans les classes moyennes. »

J'ai compris que nous allions connaître la dégringolade alors que je me trouvais à la montagne avec ma petite famille qui, ce matin-là, dormait encore. C'était en mars 2004. À Madrid, plusieurs trains de banlieue venaient d'exploser : attentats commis par des islamistes marocains. 911 jours après les attaques du 11 septembre 2001. Je regardai alors par la fenêtre du chalet, comme pour remonter à la surface, l'aiguille du Midi éclatante de neige et de lumière. Le sociologue Louis Chauvel venait de publier *Les classes moyennes à la dérive*. L'Histoire avec sa gueule de feu se réveillait. Et nous les Européens, les petits Occidentaux, nous déclinions. Les classes moyennes, le nœud de notre société, s'appauvrissaient. Ce retournement était l'un des symptômes de la fin de notre civilisation. Il s'accompagnait d'un dérèglement climatique. La nature dans laquelle l'homme avait planté ses banderilles se révoltait et allait l'écraser de son implacable soleil avant elle-même de mourir.

J'ai froid, terriblement froid. Chaque nuit, je me réveille et mon corps n'est qu'une banale tuyauterie. Je suis désormais seul dans notre lit. Je guette le déclenchement de la chaudière, le lancement du brûleur, son souffle libérateur comme une gueule antique crachant son feu. J'imagine la diode orange clignotante passant au vert fixe : c'est mon feu de navigation. Je suis alors soulagé. La maison sera chaude. Les enfants n'auront pas froid. Obsédé par la chaleur des radiateurs, j'ausculte la maison à l'oreille tel un médecin d'autrefois écoutant la respiration d'un tuberculeux. Dans le silence tombal de la nuit, j'identifie chaque craquement, chaque nodule du plancher qui se dilate. Jamais je n'ai senti autant le corps de notre demeure. Sa colonne, ses vertèbres, ses jointures. Tout ce qui est osseux et ligamentaire. La pauvre vieille. L'hiver, j'ai l'impression d'être à bord d'un voilier, dans une navigation de nuit, au milieu du rail de la Manche et des porte-conteneurs. Bon Dieu, surtout que le mât ne pète pas. Dehors, le vent souffle. Le froid passe par les interstices. J'aurais dû mieux isoler la maison, mettre de la laine de verre comme on en voyait dans les greniers de nos grands-parents. Franchement, je pensais avoir mieux à faire que ces trucs de vieux.

Et puis soudain, je l'entends arriver. Nous avons rendez-vous puisque nous sommes les deux seuls êtres éveillés de la maison. Elle descend du premier étage, peut-être des combles. Elle passe à l'intérieur des murs, comme le passe-muraille. J'entends ses pattes qui grattent le parpaing. C'est aussi agaçant que la précelle d'un dentiste sur une dent anesthésiée : on ressent le contact mais pas la douleur. Je sais qu'elle va gagner le placard de la cuisine, grignoter les paquets de linguine, le pain brioché ou les dominos de sucre. Mais elle peut s'attaquer aussi à la bouteille d'huile de tournesol, sous l'évier. La souris est la compagne de mes nuits. Elle m'agace, me réveille, mais je la laisse faire. Est-ce la procrastination qui m'empêche de lui tendre un piège ou à force un attachement à ma seule compagne de la nuit ? Elle est dans le royaume des ombres. C'est étonnant comme une maison peut se transformer en cénotaphe.

Quand je rentre après plusieurs jours d'absence, je redoute qu'elle ait fait un coup d'État, pris possession du territoire d'où j'ai déjà été chassé, mis hors-la-loi par la gardienne du foyer. Je me retrouve alors face à face avec la souris. Elle se fige. Je vais l'attraper. Elle m'échappe. C'est toujours elle qui triomphe. Je vois dans sa victoire toute l'étendue de mon désastre. Elle me nargue et me défait. Je suis devenu *l'homme à la souris* comme *l'homme aux rats* de Freud. *Der Rattermann.* Une vie que je laisse désormais se faire ronger car je sais que l'essentiel est perdu. Le cœur de ma vie d'homme bouffé. Le reste ne sera qu'aménagement, navigation à vue, arrangements et adaptation.

Au réveil, je suis obsédé par le mot « narcose ». Je flotte un long moment avant de pouvoir me lever. Je suis entre deux eaux. Dans un dédale. Je dois remonter. Les enfants dorment. Ils vont avoir besoin de moi à leur réveil. Trouve tes repères. Accroche-toi. Les caveaux m'obsèdent. Et pourtant leur froideur, leur enfermement me font horreur. Je me dois d'agir. Mon âme s'était détachée de son enveloppe.

Il faut apprendre une nouvelle grammaire des lieux et des objets. Maintenant je suis un loup dans un paysage de désolation, montrant ses crocs si on s'en prend à ses petits. Leurs peines, leurs chagrins suscitent en moi une émotion démesurée. Je peux en vouloir à leurs copains de leur avoir fait du mal, de les avoir plaqués parce qu'ils se sont simplement disputés. C'est pourtant à eux qu'ils se confient puisqu'ils ont été ébranlés par leurs parents. Est-ce un long séisme ou au contraire une flèche au milieu du front ? Un traumatisme ou un coup violent ? L'hiver en plein été.

Dans la presse, je lis qu'à plus de quatre-vingts ans, Alain

Delon ne se remet pas de la séparation de ses parents. L'incertitude, le provisoire gouvernent désormais ma vie. J'entends autour de moi les gens faire « des projets » pour les vacances de Noël et d'été. Le mot « projet » est sorti de mon vocabulaire. Je suis dans l'urgence du présent. Je me fais d'ailleurs l'effet d'être un médecin des urgences, du Samu familial. Je me concentre sur la santé de mes enfants, leur intégrité physique.

Toute vision d'une famille unie en voiture m'arrache le cœur. Je me réfugie alors dans le chœur des petites églises, au pied de la Vierge et de saint Antoine. Là, je retrouve l'unité que le monde profane m'a enlevée. J'ai des accès de mysticisme comme tous les hystériques ayant subi le chaos du destin. Seule la musique sacrée m'apaise tel un anti-inflammatoire. C'est elle qui parvient à me sortir du trou noir.

Je répète en boucle : un divorce c'est sept deuils en même temps. Deuil d'un amour, deuil de la confiance, deuil de l'amour-propre, deuil d'une vie de famille, deuil des enfants, deuil du présent, deuil de l'avenir. Éclatement. Je ne peux plus me concentrer, lire. Même les journaux qui s'empilent dans la cuisine, sous les fenêtres, soulignent combien je suis à côté de la marche du monde. Ces colonnes de papier déjà vieilli, déjà jauni forment une barricade avec le monde extérieur. Je suis dans les tranchées, les obus tombent de toutes parts. Je pénètre dans la maison en étant convaincu d'être un soldat traversant un terrain après la bataille. Dans cette position un peu défensive, fusil à la main, de celui qui tourne la tête à gauche et à droite, s'attendant à un retour de flamme au milieu des cendres ou à un tir de sniper.

Tous ces jouets de couleur, ces peluches, elles aussi mortes puisqu'il n'y a plus d'enfants dans la maison pour les chérir. Ils gisent rafalés dans l'âge de la joie et de l'insouciance. Un jouet sans enfant est une nature morte. À chaque retour de mes fils à la maison, je ne récupère qu'une moitié d'enfant. L'autre est restée chez leur mère. C'est un miracle si je parviens à rester debout, même vacillant sur mon socle de père, à nourrir les enfants, à les conduire et à les chercher à l'école, à les soigner seul quand ils sont malades. Sentiment d'arasement. *Nada de nada*.

Entre les années 80 et 90, le véhicule monospace suscita engouement et curiosité. Cette voiture modulaire devint une mythologie des familles nombreuses. Dans la région ouest, elle était drôlement surnommée « bétaillère à cathos ». À peu près à la même période explosa paradoxalement le nombre de familles monoparentales, presque un oxymore tant le mot « parents » induit la paire.

Dans les années 60, le monokini était le signe de l'affranchissement des femmes. Au début des années 80, le monoski attira les surfers de la neige. Puis la vague « mono » s'abattit sur les cellules familiales. On parla de familles éclatées, l'inverse d'éclatantes. On imaginait un pare-brise en miettes, des atomes dans la nuit galactique, un fruit écrasé jusque dans ses grains, sa pulpe pareille à du sang. Et pourtant, comme nous les jeunes avions abusé du mot « éclater » à notre époque si festive où nous fêtions non plus les saints mais la musique et les voisins. Le sport, surtout extrême, était aussi une promesse d'éclatement.

Les familles monoparentales avaient émergé massivement

aux États-Unis, dans les années 70 et surtout dans la population noire. On les opposait aux familles biparentales. La monoparentalité était aussi caractérisée par la pauvreté. Les familles se décomposaient, se recomposaient. En classe, nos enfants n'écrivaient plus de composition française. On ne composait plus. La famille était devenue un déchet qu'on recyclait. Le service des encombrants passait ramasser les familles mortes sur le bord de la vie conjugale.

Nous étions encore de jeunes couples quand est né le « tri sélectif » : plastique, carton, verre. Bonne leçon du dimanche soir sur la vacuité humaine face aux immenses bacs verts qui engloutissent par un orifice, sorte de bouche de la consommation, bouteilles de verre, de plastique, emballages. On recyclait les déchets, les couples : la renaissance matérialiste. La mode était au compost comme à l'incinération des corps. On finirait en cendres, en poussières, au jardin des souvenirs. Avec un peu d'illusion animiste, on serait réincarné. On pensait nourrir la terre, être vertueux alors qu'on la ravageait avec méthode.

Dans la vie d'avant, j'ai beaucoup regardé les films de Claude Sautet. Le soir, seul, pendant que ma petite famille dormait. Années 70, les miennes. Effroi. Lucidité sur l'amour, les couples. Cette générosité d'un homme qui a beaucoup aimé. Piccoli, Montand, Reggiani semblaient avoir l'âge de nos pères. Nous avions désormais en les revoyant en boucle presque le leur. Ludmila Mikaël (la maîtresse de Montand dans *Vincent, François, Paul et les autres*) a pourtant vingt-sept ans. Cette France était celle que nous avions connue : déjeuners de famille, week-ends à la campagne, vacances au bord de la mer. Dans *Les choses de la vie,* Claude Sautet avait supprimé l'ouverture du roman de Paul Guimard dont il s'était inspiré. Cette scène très ironique qui s'ouvre sur la mort d'un ami fauché par une bombe américaine lâchée au-dessus du Mans.

Les films de Claude Sautet sont traversés par des failles, des divorces. Dans les années 70, les divorcés étaient des exceptions, non pas des marginaux mais des esseulés promis à l'errance, au butinage, condamnés au fer rouge de l'échec, à la solitude de la vieillesse. Chez nous, les rares divorcés se confondaient avec une bouteille de Johnnie Walker *red label*, des cigarettes Dunhill rouge, avec des femmes un peu diablesses qui croisaient et décroisaient leurs belles jambes sur des canapés de velours.

Nos parents n'habitaient pas Paris ou la banlieue comme dans les films de Sautet. Ils n'avaient pas de maison de campagne. Ils n'étaient pas séparés. Mais ces voitures, ces vêtements si colorés, ces atmosphères de restaurants enjoués, le port de La Rochelle, ville où le stade municipal portait le nom de Marcel Deflandre, mon grand-oncle fusillé par les Allemands, les femmes – la beauté de Romy Schneider, de Lea Massari, de Stéphane Audran, de Ludmila Mikaël. Les prénoms féminins, Catherine, Hélène, Lucie, Colette. Nous avions aimé ces prénoms dans la vraie vie. Les personnages de Sautet étaient des amis de nos parents. Parfois forts en gueule. Comme César – mécanique générale, ferrailleur. Ils roulaient en Citroën DS ou SM. Un jour, ils avaient fait fortune. Le lendemain, ils étaient ruinés, le fisc aux basques. Dans *Vincent, François, Paul et les autres* il y a, selon les mots de Sautet, « un pressentiment de la dégradation et dans *Les choses de la vie* comme une attitude de faute face à la vie elle-même ».

La vulnérabilité de la vie, voilà ce que je retiendrai de Sautet. En regardant ses films j'ai compris ce qui allait m'arriver. Entre-temps j'étais devenu chef d'entreprise. Je ressentais une sueur froide quand Vincent (Yves Montand), devant s'acquitter d'une dette, était lâché par les banques. « La banque », s'exclamait-il, désignant ainsi l'adversaire singulier. Le chef d'une petite entreprise n'a souvent qu'une source de crédit. Il remet sa vie dans les mains d'un étrangleur. « La banque ! » Combien avaient vraiment perçu le poids de ce mot ? La banque cette bouche de l'enfer. Cette gorgone.

Si un jour on m'avait dit que je deviendrais « gérant », moi qui vivais à découvert depuis l'âge de dix-huit ans. Quand j'ai créé ma société, une connaissance m'a dit : « L'entreprise c'est la solitude et la trésorerie. » J'avais pensé créer une entreprise familiale. Un oxymore. Une entreprise c'est aussi l'apprentissage de la déroute.

Au commencement, la banque vous ouvre les bras. Elle ne vous prête pas d'argent mais avec un sourire vous fait sentir que vous appartenez au club des entrepreneurs. Bien sûr, vous pouvez exploser en vol comme la moitié des entreprises. Mais n'y pensez pas. C'est à l'image des accidentés de la route. Vous êtes convaincu que vous n'appartiendrez jamais à la sombre statistique. Vous êtes désormais un professionnel. Terminée, la vie de guichet. Vous êtes accueilli dans des bureaux discrets, presque dérobés, une plateforme, un centre des professionnels. Vous êtes gérant. Géant ? Gênant ? Gérant, comme ce mot m'a fait horreur.

Dans les années 80, nous méprisions les élèves d'écoles de commerce, les libéraux à chemises rayées. Toute cette idéologie chantée par Bernard Tapie, crooner de l'entreprise. À quarante ans, les cadres essorés dans les grandes entreprises voulaient « créer leur boîte », « être autonomes ». C'était leur façon de se prendre pour des créateurs, de repousser la frontière de la mort. L'entreprise était aussi l'un des cercles de la folie.

Il avait été la première personne que j'avais rencontrée après les banquiers. J'étais éditeur. Éditeur de livres, un métier de l'ancien monde. Il me fallait du papier et pas pour imprimer des faux billets. Lui était un vrai imprimeur. Il m'avait dit en allumant sa cigarette et en claquant son briquet Dupont dans une pose assumée de cow-boy : « Je ne vous ferai que 7 points en plus par rapport à Gallimard. Et vous me paierez quand vous pourrez. » La phrase était mystérieuse comme un oracle. Que signifiaient ces 7 points ?

Il avait le cheveu court, même ras. Il vous regardait en fermant l'œil droit à cause de la fumée de ses cigarettes qu'il expirait et la peau de son front s'étirait alors en accent circonflexe. Lui était vraiment un personnage de Claude Sautet. Pas seulement à cause de la fumée. Il était connu pour son amour des femmes, son goût du whisky, ses blagues. Un côté bretteur et drôle comme Montand dans *César et Rosalie*, un sentimental comme tous les hommes chez Sautet, un cabossé de l'enfance qui conjurait les petites morts par des éclats de rire. En fait, je ne sais pas s'il riait tant que cela. Il faisait preuve d'une gravité presque diabolique malgré ses apparences de fanfaron. C'était un seigneur d'une générosité rare. Son imprimerie se trouvait à Mayenne. Il me disait : « Un taxi viendra vous chercher à Laval. » Mais au train, je préférais la voiture, le plus long cheminement vers l'ouest : la route de Bretagne, la nationale 12 qui partait de Paris que je rejoignais au Mans.

L'été, au mois d'août (il prenait toujours ses vacances en juillet, à Noirmoutier), les Français étaient alignés sur les plages. Je quittais alors mon bras de mer pour m'enfoncer dans ce pays de l'intériorité. Ce paysage vidé de ses habitants, saccagé à force de constructions, de mitage – et c'était déjà une géographie de l'exode, du dépaysement – résonnait en moi.

C'était la chaude saison des moissons. Les andains de blé étaient posés comme des éventails. On entendait les épis craqueler sous l'effet de la chaleur. Je m'arrêtais dans une station-service où le garagiste servait encore lui-même l'essence. Au rythme de la délivrance du carburant, on faisait le point sur l'activité, le passage, la France. Une station-service c'est un instantané d'odeurs, de visions, un enfer (la destruction de notre planète) et un paradis (la route de notre enfance). Étonnamment cette route de l'imprimerie, vers l'ouest, qui aurait pu être celle du travail, était celle des grandes vacances d'été. Celle où après avoir passé les villages normands, nous roulions vers la Bretagne qui faisait partie aussi du roman familial. Aux marches de ce Finistère, autour d'Avranches et de Saint-Hilaire-du-

Harcouët, nous nous arrêtions autrefois au restaurant du Lion d'or comme l'auberge de Yonville dans *Madame Bovary*. Mais désormais, au lieu de prendre la route de la mer, de Saint-Malo, j'empruntais les sinuosités de l'ouest intérieur chanté par Laurent Voulzy dans *Mayenne*. France du *Guide Michelin* dans la boîte à gants, des panneaux indicateurs en ciment aux lettres bleu océan et au fond crème, qui ressemblaient à des pâtisseries au bon beurre. La mer et le sable.

Ces noms de bourgs, de villages qui me faisaient rire : Pré-en-Pail, Javron-les-Chapelles, dominés par le mont des Avaloirs.

J'avais rendez-vous avec la mémoire de l'imprimerie. François Floch avait pourtant l'âge des personnages de Sautet. Comme le père du cinéaste, il avait repris l'entreprise paternelle. Sautet c'était une usine de transformation de graisses. À Mayenne, ma destination finale, c'était l'imprimerie Floch. Chaque retrouvaille était un feu d'artifice. Dérapage sur les graviers blancs du Grand Hôtel où Antoine Blondin s'était enfermé pour écrire *L'humeur vagabonde*. François Floch disposait de sa salle à manger privée dans un pavillon à droite de la grille d'entrée, en face du bâtiment central. Il attaquait au whisky dès midi. On essayait de ne pas tanguer trop vite. Avant même de déjeuner, on entamait les rocks. La directrice de la fabrication de l'imprimerie dansait divinement bien comme souvent les grandes filles. On ouvrait par *Les marionnettes* de Christophe avant d'embrayer sur *Rockollection* de Voulzy et de céder au lyrisme maritime de *Tous les bateaux, tous les oiseaux* de Polnareff. Les plats valsaient apportés par le proprio de l'hôtel qui ne discutait pas les exigences de « Monsieur Floch ». Mon chef de fabrication, que j'avais connu dans une vie précédente, ressemblait à un personnage d'Henri Calet et se mettait néanmoins à rire. Il avait les mêmes moustaches que Delon dans *Le Samouraï*.

Le soir, dans les canapés de la maison des Floch on s'écroulait en écoutant *Emmène-moi* d'Aznavour et *Jeff* de Brel.

François Floch respectait beaucoup mon chef de fabrication qu'il appelait José. Pour nous José était Jo, monsieur Jo. Un pacha de la fabrication du livre mais aussi un lecteur impitoyable sans illusion sur l'Histoire. À côté, Cioran passait pour un aimable optimiste.

Jo aurait pu aussi être un personnage de Sautet, de Dabadie, de Jardin au temps où le livre était une cathédrale avec ses compagnons. Pascal Jardin que nous avions lu comme des fous à l'âge de vingt ans : « Ma femme me fait penser à Alain Delon. » La vie en quatrième vitesse, la pagaille des divorces, les nuits à fond de bouteille, les rafales de cigarettes, le cancer qui broie comme l'Alfa Romeo de Piccoli dans *Les choses de la vie*. À vingt-quatre ans, après le service militaire, j'avais passé avec un ami un week-end chez les Jardin à Corsier-sur-Vevey. Madame mère, épouse de Jean Jardin, était royale, stoïque comme l'Histoire de France malgré la perte de son fils, Pascal. Elle avait été intime de Morand, cet écrivain au cœur sec qui cravachait la littérature et m'avait donné l'antidote à la mélancolie : le mouvement, la tectonique des continents, la plaque Asie chevauchant la vieille plaque européenne.

« Quand Hélène et Paul sont arrivés en Suisse, ils n'avaient même pas de quoi se nourrir. » Elle aimait aussi parler de son amitié pour Giraudoux qu'elle considérait comme l'un des écrivains les plus intelligents du siècle. Quelle fratrie, les Jardin ! Simon, génie du bricolage, associé du producteur Christian Fechner, avait réparé mon vieux cabriolet. Gabriel, filleul de Paul Morand, le plus jeune des frères, avec son visage janséniste, était devenu un ami. Les Jardin c'était ma vie de célibataire, d'avant. La comédie, registre fanfaron quand on a été épargné par les catastrophes et qu'on n'est pas encore dans l'épaisseur de la vie.

Je ne me souviens pas d'avoir parlé de *Vincent, François, Paul et les autres* avec François Floch puisque à ses côtés nous étions dans un film de Claudet Sautet. C'eût été de la paraphrase. Floch possédait une autre imprimerie mais à Paris, dédiée aux couvertures de livres : l'imprimerie Jacques London, rue de la Grange-Batelière, non loin de l'hôtel Drouot. C'était un monde d'odeurs, d'encre et de couleurs. À chaque fois que je franchissais le seuil de cette imprimerie dont la décoration, même après l'an 2000, datait toujours de la fin des années 70, j'étais projeté dans l'atelier de mécanique générale de Vincent (Yves Montand). Il y avait d'ailleurs à l'imprimerie beaucoup de blouses bleues et la plupart avaient connu Jacques London, nom francisé de l'auteur de *Martin Eden*. Jacques était né à Kiev en 1910 dans une famille d'origine juive ukrainienne. Il avait rejoint son frère aîné Israël à Paris, en 1927. Ensemble, ils avaient rallié les rangs du Parti communiste, publié *Les carnets du bolchevisme*, fréquenté les peintres engagés et émigrés, révolutionnaires dans leur art et leur vie : Chagall, Calder, Masson.

Yves Montand, acteur fétiche de Sautet, était venu à l'imprimerie Jacques London pour son livre *Du soleil plein la tête,* publié aux Éditeurs français réunis, maison du Parti communiste. Ma première *Éducation sentimentale* de Flaubert je l'ai lue chez cet éditeur très *seventies. Du soleil plein la tête* a inspiré aussi une chanson à Montand : « Trouver belle la vie quotidienne. Ça peut vous paraître innocent, mais la joie des autres c'est la mienne. Et je descends faire un p'tit tour, toute la ville m'en fout plein la vue. »

La façon de bouger de Montand, de rouler des mécaniques dans *César et Rosalie* mais aussi sur scène, quand il chantait, était bien celle d'un chef d'entreprise *self-made-man.* La rue de la Grange-Batelière avait de la fantaisie et de la couleur. Des antiquaires, dont les tableaux en vitrine me sidéraient quelques instants et m'offraient des échappatoires – j'entrais dans les peintures, je voyageais en marchant car la vie brûlait mes semelles.

Je me promettais un jour de vivre en calmant le jeu. Le temps s'était accéléré. Le temps de la lecture était révolu. Maintenant pour moi un livre c'était un dos, une couverture quadri, pelliculée, mate ou brillante. Un code ISBN. Un prix. Un livre c'était aussi le grand livre de comptes. Je préservais – et c'était la lutte de Jacob contre l'ange – un jardin de poésie cerné par les flammes des chiffres et de la comptabilité.

Dans la rue de la Grange-Batelière, à la fois campagnarde et fluviale, s'élevait au XVIIe siècle une ferme qui portait ce nom. Au bout de cette artère dont la longueur et la largeur étaient celles d'un cargo mixte des Messageries maritimes, trônait l'hôtel de ventes Drouot comme un triomphe du goût de chiotte. Un cube de verre des années 80. Un avant-poste de Beaubourg. Nous n'étions pas très loin des Halles.

Une fois franchie la porte vitrée de l'imprimerie Jacques London, en verre granuleux avec sa clenche typique en équerre, j'oubliais la rue et ses amers. Il y avait là Éric, Stéphane, Arnaud, Jean-Pierre, Enzo… Ce n'était pas qu'un univers d'hommes. L'entreprise avait longtemps été dirigée par une femme que je venais saluer, ancienne concessionnaire automobile BMW à Laval. Les meubles de bureau étaient gris et épais.

Dans ce quotidien de l'imprimerie, le parfum des encres et le bruit des machines, mon corps en immersion se remettait d'aplomb comme devant un tableau qui produit un sursaut de beauté et de joie. La littérature n'était plus une cloison entre le réel et moi. Ce réel devenait sensible, romanesque. C'était comme après un travail manuel, on éprouve un apaisement, une harmonie surtout si on a le cerveau rongé par des inquiétudes intellectuelles.

Chez Jacques London, je me trouvais dans les machines d'un bateau. L'imprimerie est la machine du livre quand l'édition en est le pont, si l'on veut comparer ce monde de l'odorat et de la sensualité à un navire. Bruit similaire des pistons. Il fallait sortir de la salle des machines pour s'entendre. Les sillages et les lignes d'écriture se croisaient. Les couvertures étaient débitées comme les planches de faux billets dans *L'île noire* d'Hergé. J'adorais regarder au coupe-fil, cette loupe grossissante, la trame des points de couture et aller à la lumière du jour avec le chef d'atelier noter l'intensité de la couleur :

— Tu veux que je renforce encore le bleu ?

— OK et on roule à 5 000 !

Quand on disait 10 000, c'est-à-dire 10 000 couv, c'est qu'on espérait gagner au casino. Il ne fallait pas se tromper, attraper un « bouillon ». L'atelier abritait encore des machines vertes comme dans *Vincent, François, Paul et les autres*. L'une servait à imprimer les couvertures. L'autre à les massicoter. Il y avait dans la journée cette lumière artificielle propre aux ateliers dépourvus de fenêtres, celle dans laquelle Vincent annonce à Jean (Depardieu) que, s'il ne paie pas la traite de la banque sur la nouvelle machine, il va sauter. Claude S.a.u.t.e.t.

Cette camaraderie dans le travail était un peu celle des dockers. Entre les ouvriers du livre et les ouvriers des quais, s'était tissée au fil des luttes révolutionnaires une fraternité commune. Je renouais avec le parfum des ports quand ils se trouvaient encore au cœur des villes et non à l'écart comme aujourd'hui, grillagés, interdits aux terriens, zones fortes et retranchées, presque concentrationnaires. Le commerce des lettres, cette belle activité, délivrait aussi le parfum de la canne à sucre.

Si je passais en fin de matinée, on allait prendre un verre de blanc. Et, au moins une fois l'an, nous déjeunions ensemble, dans des restaurants pour le coup à la Claude Sautet, où la rumeur des tables recouvrait tout, où l'ancien monde semblait constituer un îlot de résistance. Les habitués, antiquaires, brocanteurs, journalistes, demi-soldes, agents d'assurance et de mutuelles, fils de famille ratés aux gueules de maquignon, connaissaient le prénom des serveurs et des serveuses. L'hiver, ils portaient des vestes de tweed, ou de velours, colorées. Quelque chose de vieux et de pop. Ils auraient pu figurer des personnages secondaires dans *Bel-Ami* et *Fort comme la mort* de Maupassant ou dans *Le chef-d'œuvre inconnu* de Balzac. L'hiver, on se réchauffait des soucis de l'existence auprès de ce morceau d'humanité rougeoyante. Ça pouvait nous sauver, parfois.

Ces incursions dans les ateliers, ces déjeuners solides constituaient notre mémoire de travail. Tout cela était loin de mes voyages en Asie, contrepoison à une vie trop hexagonale. L'imprimerie, le livre, la mémoire étaient arasés par la mutation numérique. L'Imprimerie Jacques London serait démontée et François Floch le Magnifique, assiégé par les soucis financiers et industriels, emporté par un accident cérébral. Tout allait s'effacer. Tout allait s'oublier. Et nous devions lutter contre ce flux. Il fallait absolument conserver le tirage papier. Mat, en noir et blanc. Brillant, en couleurs. Sauver l'album qui permettrait de ressusciter les séquences oubliées : les anniversaires, les voyages, les déjeuners de famille. Garder une trace. Pour montrer aux enfants que *cela* avait existé. Ils avaient eu des parents qui s'étaient aimés et avaient tout partagé, le plus intime, le plus secret, et qui deviendraient deux étrangers l'un à l'autre, des ennemis. Le présent défait est une des sources du malheur. Mais la destruction du passé est le plus sûr voyage vers la folie. L'homme est alors écervelé. Il s'accroche à ses souvenirs comme un naufragé à son morceau de bois.

On annonçait le déclin du livre, c'est-à-dire du sacré, de la verticalité. La révolution numérique était plus mondialisée que la Révolution française. Les têtes tombaient d'une autre manière. Il fallait impérieusement s'enticher du nouveau monde.

On allait pourtant encore chercher des tirages papier de nos photos dans les FNAC. Les jours heureux. Ils nous étaient remis dans des boîtes noires avec, au milieu, une image de vacances : une sorte de carte postale saturée de couleurs. L'effet de surprise quand on les découvrait. C'était un cadeau qu'on développait.

Toutes ces photos étaient menacées par l'amnésie. Je regardais les clichés de notre couple comme une mosaïque de preuves : notre voyage en Italie, le balcon au-dessus de la mer et des citronniers. Au Portugal. En Asie. Je recherchais sur le visage de ma femme les stigmates de la souffrance. La mémoire était-elle vraiment une déesse féminine ? Léthé, fille d'Éris, la discorde, et petite-fille de Nyx, la nuit, triomphait sur Mnémosine, pourtant fille de Zeus. Les femmes donnent la vie et n'ont pas besoin de se repaître du passé.

Il fallait tout ramasser, sauver ce qui pouvait l'être en le prenant à pleines mains. Tout est défait. Tout est vanité. Mais la mémoire, la création sont les seuls barrages contre le déversement du temps. Nos albums de famille basculent du papier au numérique. Nous assistons à ce passage en le pensant anecdotique. Mais nos vies deviennent de moins en moins réelles. Elles sont des masses flottantes, fluides. Un ordinateur est entré dans la maison. Puis un autre. Il y a quelque chose de bleu, d'océanique dans les couleurs du fond d'écran. Cette modernité zen, totalement artificielle, cette vague émolliente, elles aussi vont nous tuer.

Nos grands-parents et parents se souvenaient de leur première voiture. Nous n'oublierions pas notre premier ordinateur, notre premier téléphone portable, notre premier smartphone. Ce Mac bleu très design qui fut un cheval de Troie. Pas seulement un *Big Brother high-tech* mais aussi la toile de la discorde, du bovarysme virtuel. Ce surf technologique nous donnait l'allure de néo-libertaires. Les réseaux sociaux allaient dilater les ego, les enflammer, faire exploser les couples. L'iPhone serait une hache de guerre qui finirait par dénouer les liens maritaux. Il ressemblait à un Tamagotchi, à une créature qui serait le prolongement de notre bras, un accélérateur du temps, un détournement du face-à-face dans le couple, une fin de la conversation amoureuse.

Les téléphones intelligents sont des sismographes, notre nouvelle mémoire fluide. Tout est virtuel. Cette « toile » avait remplacé la tapisserie de Pénélope. Tous les rapports humains en étaient bouleversés. Les réseaux sociaux brouillaient amours et amitiés. C'était la peste *soft power*. Il fallait conserver les photos papier comme des preuves de notre existence, de notre passé commun, de notre amour. Mais aussi les jouets des enfants d'avant l'époque des objets connectés. Armer une arche de Noé de notre intimité, embarquer des témoins de notre vie commune. Quand le vivant est touché par la mort, la mort devient alors l'ultime aire inatteignable, celle qu'on ne peut toucher. La femme aimée qui ne vous aime plus : ne me touche pas. *Noli me tangere*. L'homme abandonné coule en implorant : « Laisse-moi notre passé comme planche de salut. » Mais non, pas de salut : l'homme doit rendre gorge.

On ne devrait jamais oublier la douleur. Il faut lui rester fidèle. Elle relève du sacré. La résilience, quelle connerie ! Laissons le développement personnel aux marchands du temple. La douleur physique et morale est un révélateur de la vérité au milieu de la forêt de nos masques et de nos ruses. Le reste c'est de la décoration.

Combien de jours et de nuits partagés ? Draps froissés dans les chambres d'hôtel, émerveillement du matin. À deux, amoureux, le quotidien est un tapis volant. Seul, sans plus d'idéal, c'est le fond de la mine : « De même ce qui est cruel dans le réel, écrit Clément Rosset, est en quelque sorte double : d'une part d'être cruel. D'autre part d'être réel. »

Le réel on ne le connaît que dans la douleur, ce hurlement intérieur. C'est dans la joie que le réel est une illusion : il demeure en apesanteur. Mais au-delà de ce chemin de croix personnel, il y a la douleur de nos enfants, cette séparation que l'on ne peut plus combler. Ce réel, n'est-ce pas ce qui a tué en moi la comédie ? Et donc mon imposture. La comédie c'était le refus de la contingence, des courses à deux, des supermarchés.

Mais l'exil de mes enfants était bien plus profond que le mien. Brutalement, ils s'étaient habitués à tout compartimenter, à tout séparer, à tout dédoubler. Plus d'unité. Pour le coup, je fais le deuil de la vie de couple, ce rêve de petit-bourgeois, de l'unité d'apparence, de façade malgré les fissures, les non-dits, l'inconscient. Tout faire péter. Le couple, le mariage comme le divorce ont été inventés pour conjurer la fin de l'aventure, des grands espaces.

Désormais, les allées des supermarchés sont un dédale du Minotaure. Je ne dois pas perdre le fil qui me permettra de sortir sans encombre de cette épreuve, car c'est une épreuve. C'est un supermarché de province, de campagne, un chef-lieu de canton. Les caissières sont les vestales du monde de la consommation.

Je suis l'homme seul qui fait des courses pour ses enfants : rafales d'Actimel, frites McCain just au four, jus de fruits Réveil des tropiques et Douceur du matin, Pitch, Chocapic. Les enfants ont des cycles de toquades alimentaires. Peur qu'ils manquent. Peur du manque. Je pense à ce philosophe passé du côté de l'entreprise et qui se définissait comme un père nourricier. Combien d'enfants avait-il ? Cinq me semble-t-il, de mères différentes. Il avait construit l'unité autour de la cuisine. Il a été foudroyé trop jeune, à un âge où la possibilité de développer un cancer pour des raisons génétiques devient plus forte mais aussi à cause des attaques extérieures que notre cœur et notre corps ont subies.

Je ne suis plus qu'un consommateur puisque je n'ai plus ni résistance, ni distance, ni humour ou ironie. Je redoute de croiser une connaissance qui, elle, serait parfaitement intégrée au damier social. Au supermarché, j'emprunte toujours le même parcours. Au pas de course, sans caddie pour ne pas ralentir. Je ne m'arrête jamais devant un rayon, je pourrais perdre pied. J'emporte les produits à la volée. Deviendrais-je un jour voleur ?

Je ressens une telle vulnérabilité que je redoute de ne plus avoir de quoi nourrir les enfants, de rejoindre les cohortes de familles qui vivent du RSA et des allocations. Ils achètent des marques *discount*. Les produits à consommer rapidement pour cause de péremption, remisés jusqu'à 25 %, sont relégués dans ces rayons à bas prix qui ont émergé sur tout le territoire. Non seulement dans les villes mais aussi les campagnes.

Quand je pense que je suis parti avec elle sur les traces d'Hemingway à Cuba. Désormais, ma vie sur le front extérieur se partage entre Carrefour et Monoprix. Il y a toujours quelque chose de pathétique quand un père seul achète des vêtements pour ses enfants en bas âge. Comme un oiseau battant des ailes dans une pièce fermée et cherchant à retrouver l'air libre. Au Monoprix, grâce à trois, quatre rayons contigus je peux acheter une petite collection de pyjamas, de pantalons, de sweat-shirts. Prendre toujours une ou deux tailles en plus. Et des chaussettes par lots.

Au magasin de chaussures, la vendeuse n'est pas étonnée de voir un père seul choisir des chaussures à son fils de quatre ans. Cela eût été impensable pour la génération de nos pères. Je les renifle illico les pères « solo », les séparés avec leurs enfants. Surtout pendant les vacances, dans le train, au restaurant, à la plage. L'amputation est là. Il y a ceux qui ont plaqué et ceux qui ont été plaqués. Les pères largués semblent touchés par un mal profond, mystérieux, que seuls les initiés peuvent reconnaître. L'explosion est générale. C'est l'ivresse de la liberté, la valse des ego.

Pas un mois ne passait sans qu'un hebdo ne fît sa une sur les pervers narcissiques. Il fallait se libérer de leur emprise. Le couple, la perversion étaient des sujets vendeurs. Le totalitarisme conjugal faisait partie de la Nouvelle Histoire. Ça y allait fort, les considérations générales sur les hommes, les femmes. Deux troupeaux qu'on menait soit au pré, soit à l'abattoir. Les déclarations d'amour se terminaient à coups de pelle. Le paysage amoureux était vitrifié.

Le soir, après les confrontations avec les avocats, j'écoutais à fond les manettes *Mon fils, ma bataille* de Balavoine, en chialant. Nous étions simplement comme les autres, nos amis tombés au champ de la désunion.

C'était donc cela notre *Iliade* moderne. Affronter les démons, les gorgones. Notre époque dissolvait l'héroïsme. Nous étions devenus des consommateurs d'amours et de séparations. Cette accumulation se produisait au nom de la liberté. On allait solder notre vie d'adulte, laisser en héritage à nos enfants un traumatisme et un conflit de loyauté.

Le quotidien m'a pris dans ses tenailles et me tord. Il y a des flashs d'effroi : installer mon dernier fils dans son siège auto rouge et gris. Cette coque molletonnée qui protège des chocs. Cette putain de boucle de sécurité à triangulation, pareille à celle des pilotes de rallye. Mon fils se raidit, se débat, se déchaîne pour m'empêcher de l'attacher. Je vois alors sa silhouette, à elle, l'absente, quand elle l'asseyait avec moins d'agitation et plus de fermeté que moi.

À la maison, la notice du Babycook dans lequel je mixe le déjeuner de mon fils, me fait l'effet d'une déclaration de guerre : « Avec Babycook, les mamans vont découvrir le plaisir de préparer des petits plats de façon express tout en faisant de bébé un vrai gastronome. »

Comme si les pères ne faisaient jamais la cuisine et ne subissaient pas de « charge mentale ». Je suis un être mutant. Une fusion de père et mère. Depuis longtemps nous ne sommes plus des chasseurs. Coupés de la nature, nous réprimons nos instincts, incapables de sentir, de respirer profondément la terre, l'air. Nous ne sommes bons qu'à renifler nos petits chagrins. Flaubert en avait fait une question de principe : refuser les contingences matérielles, le bonheur du couple qui hume chaque soir le fumet du potage. Il est vrai que « l'idiot de la famille » était rentier.

Fini les grands discours, le lyrisme de l'aventure et du romantisme. Notre société joue sur la corde de la famille pour vendre ses produits de banque et d'assurance. La belle affaire ! Moi aussi je deviens une mère sans assurance-vie. Surtout quand je couche mes enfants. Au plus petit, je donne un biberon de chocolat et fais le vœu qu'il s'endorme. Il cherche le sommeil avec ses deux doudous comme s'il savait déjà que la vie est triste et épuisante. Je m'allonge à mon tour sur mon lit.

Quel souvenir les enfants garderont de ces couchers qui sont des défaites ? Le sommeil est un palimpseste, une façon de fermer les yeux sur les cauchemars que nous traversons. Rien d'autre ne retient mon attention que les tombeaux, les gisants, les labyrinthes, les dédales, les tuyauteries d'une maison dont le fonctionnement me fascine. C'est comme en médecine : quand on sent un organe c'est qu'il présente une anomalie.

Dans le labyrinthe des tuyaux, veines et artères de la maison, circule le sang chaud d'une famille. Mes enfants ne doivent pas avoir froid. La mort est mon royaume et je dois en sortir pour les réchauffer et les nourrir. Je veille. Suis attentif au moindre bruit extérieur qui pourrait troubler leur sommeil. Je me concentre sur l'essentiel. Le stress du travail, les soucis d'argent, le chapelet de dépressions ne sont rien par rapport à l'absence et au vide. Je suis dans la révolte.

Elle a laissé dans son départ précipité *L'homme révolté* de Camus et souligné ce passage : « Il n'y a donc qu'une liberté pour Stirner, "ma puissance" et qu'une vérité "le splendide égoïsme des étoiles". Le meurtre au temps des idéologies est remplacé par le meurtre symbolique au temps de la bourgeoisie déclinante. »

Je traque dans les livres qu'elle lisait les raisons de sa fuite. Dans *L'homme révolté*, elle a coché cette phrase à l'encre noire des *Frères Karamazov* : « Il n'y a pas au monde assez d'amour pour qu'on le gaspille sur un autre que sur l'être humain. » Et plus loin aussi ce constat : « La révolte est le fait de l'homme informé, qui possède la conscience de ses droits. »

Elle aussi s'est révoltée puisqu'elle est partie, certaine de ses bons droits. Le triomphe de la mythologie sur le réel. À cette période, Alice Munro a publié un recueil de nouvelles dont j'aime beaucoup le titre : *Fugitives*. Des histoires de femmes qui quittent sur un coup de tête mari et famille parce qu'elles n'en peuvent plus.

Elle avait lu deux romans avant son départ : la nouvelle traduction de *L'amant de lady Chatterley* et *La vérité sur Marie*. Deux clés. Contrairement à Mme Bovary elle s'est intoxiquée de bonne littérature. Et puis brutalement la tempête. La colère des dieux. C'est aussi la guerre de Troie, un divorce. Mais le monument des torts a remplacé le monument aux morts.

« C'est long, très long un divorce », m'a dit mon avocate lors de notre premier rendez-vous dans son cabinet de cette rue de province, derrière le palais de justice, où étudiant j'avais tant traîné, parce qu'elle jouxtait les librairies. Quitter les livres pour le code de la Loi.

Cette guerre nous prendrait autant de temps que le retour d'Ulysse à Ithaque. On plongerait, verrait la profondeur des océans, ce que les autres ne voient pas toujours pour se retrouver au bout du compte sur le sable, essoré. Ce n'est qu'après son odyssée qu'Ulysse connaît l'entremêlement du monde des humains et des dieux. Toute histoire familiale se construit sur une part de mensonge. Les fameux secrets de famille. Et peut-être faut-il que les êtres partent, brisent le tableau pour que la vérité éclate. Pour moi la féminité est synonyme de l'expression d'une vérité démesurée.

Comment se fait-il qu'un foyer devienne soudain un champ de bataille ? Quelle folie s'empare des êtres pour tourner le dos à la douceur ? Que cette guerre révèle-t-elle d'archaïque pour engendrer un tel torrent de haine ? Que de rancœurs recuites, de déceptions accumulées pour être vomies d'un coup comme dans une tragédie antique !

Extraordinaire présent qui commande tout : l'idéologie

de la liberté et de la consommation. Brûler le passé est désormais un acte d'émancipation. Maintenant je n'ai plus que le présent à pic, abrupt, sous la douceur des jours passés.

Je suis révolté par les larmes de mes fils, du petit surtout. Le réveil de sa sieste est l'aveu de la débâcle. Chaque après-midi est le royaume des pleurs. Debout, prisonnier de son lit à barreaux, il se tord comme s'il était vrillé par des douleurs abdominales. J'entre dans sa chambre avec des mots d'apaisement, d'amour, sucrés et cul-cul universellement partagés par tous les parents. Rien ne me dévaste plus que ce terrible chagrin.

« Mon enfant, pourquoi pleures-tu ? demande Thétis à son fils Achille dans l'*Iliade*. Quel deuil est venu à ton cœur ? Parle, ne me cache pas ta pensée. Que nous sachions tout tous les deux. »

La fusion et la confusion.

« Chante, déesse, la colère d'Achille, le fils de Pélée ; détestable colère, qui aux Achéens valut des souffrances sans nombre et jeta en pâture à Hadès tant d'âmes fières de héros, tandis que de ces héros mêmes elle faisait la proie des chiens et de tous les oiseaux du ciel – pour l'achèvement du dessein de Zeus. »

Sentiment que ma vie est livrée en pâture aux chiens et oiseaux de proie : mes enfants sont nus devant la vie. Je m'interroge sur la raison de la colère des dieux. Elle me semble injuste comme à tout homme frappé par le malheur. Il faut que j'accepte la moïra, ce butin de bonheur et de malheur qui constitue notre vie. À quelle forme d'*hubris* ai-je cédé ? J'ai péché par excès, c'est sûr, mais de quelle nature ? L'accélération avait rendu le monde fou. Nous étions emportés par le tourbillon. L'Occident était un gigantesque asile d'aliénés.

Épreuve de la solitude avec mes enfants. Larmes de mon fils. Je suis un père désarçonné. J'ai l'impression de me travestir, de me féminiser pour le consoler. Je le prends dans mes bras, le berce d'avant en arrière comme dans un fauteuil à bascule. Mouvement mécanique, regard perdu vers un horizon qui n'existe plus et cœur replié en chien de fusil. Dans le bonheur, on se sent proche des gardiens du confort. Dans le malheur, on est sur le même banc que les prisonniers enchaînés. Il faut se sentir exclu de l'humanité pour la comprendre.

Auparavant, je n'avais rien connu. Je ne m'étais jamais confronté au réel. Je l'avais appréhendé comme une illusion, un matelas pneumatique, un peu comme les châteaux forts gonflables que l'on voit sur les plages. J'avais mis genou à terre. Je m'inclinais devant la douleur – celle du moins que je prêtais à mes enfants et qui me rendait fou. « Hector n'échappe à aucune des douleurs et des hontes qui sont la part des malheureux », écrit Simone Weil au sujet du héros troyen qui tombera sous les coups d'Achille.

Ce n'est pas une épée que je porte sur les épaules mais une enclume. Désormais, j'ai l'impression d'appartenir au parti de la mort, de ne plus être sur le damier de la vie. D'être un égaré à qui on a crevé les yeux. Le vide. Entendre le bruit du vide. Le vide de la maison quand les enfants ne sont pas là. Les jouets toujours et une nouvelle fois comme des amers, des corps échoués. Vivre avec ce vertige et cette anomie par rapport au réel « telle, par exemple, écrit Clément Rosset, la perception de l'homme plongé dans un subit et violent désarroi amoureux : lorsque à la suite d'un abandon de la part de l'autre ou d'une faute de sa propre part il se retrouve dans un monde devenu soudain froid et inconnu, incapable d'en réceptionner le moindre message, tout comme s'il avait subi l'opération "ubuesque" de "décervelage". Le corps continue à vivre dans le monde, mais c'est à la manière de la grenouille qui décervelée par les soins du professeur de sciences naturelles continue à gambader sur le bureau du maître. Plus rien du monde ne s'inscrit dans le cerveau qui fonctionne à vide, qui est creux, absent d'un monde dont rien désormais ne parvient à l'impressionner ».

Je ne peux accepter que mes fils vivent avec ce vertige. Je veux tout faire. Me hisser. Muscler ma volonté. « Salut à toi ma volonté. Il n'y a des résurrections que là où il y a des tombeaux » (Nietzsche). Perdre la tête. Perdre la vue. Anticiper les actes pour coordonner les gestes. J'ai perdu la notion des dates. J'oublie les anniversaires de mes très proches. Quand j'ai les enfants, tout s'accélère. C'est une course. La tornade. La seule raison d'être à laquelle je m'accroche. Je ne suis plus un mari, un amant, un homme libre mais un père qui sans la mère est un homme mutilé.

Clément Rosset, fin connaissseur du désastre, poursuit : « Valery Larbaud, qui s'est inspiré de cet état de désarroi pour écrire *Tan Callando*, le décrit ainsi : *down in the world*, tombé en bas du monde, comme d'un train ou d'un navire en marche. Ce n'est pas exactement de la solitude ; c'est plutôt une sorte d'avènement du rien consécutif à un vaste coup d'éponge qui a balayé toute la représentation qu'on se faisait du réel. Ce n'est pas qu'on soit seul au monde, c'est plutôt qu'il n'y a plus de monde. »

Les mots auxquels je m'accroche le matin, au réveil, quand il fait encore nuit. Combler le vide. Le vide quand tout est plein. Les magasins. Les caddies *king size*. Les animations de Noël. Les boules, les guirlandes, les sapins enneigés, je les vois comme un décor dur et gris. Tout est faux. Tout est mensonge. Tout est maquillage jusqu'à en hurler.

Le matin – à l'heure où les pères sont au travail – je regarde avec mon plus jeune fils un DVD des aventures de *Petit Ours Brun*, personnage créé en 1975, année de mes dix ans. Tout est admirablement ordonné, structuré dans *Petit Ours Brun*. La musique du générique nous transporte dans le moelleux. C'est une scie trop sucrée, répétée à chaque épisode. « Oh tiens, voilà quelqu'un, Petit Ours Brun. Coucou c'est toi mon copain, Petit Ours Brun. Tu fais toujours ton coquin, mon petit ours malin. Tape tape dans tes mains, Petit Ours Brun. Saute saute les pieds joints, Petit Ours Brun. Petit Ours. Petit Ours Brun. »

Au début, on voit des rideaux d'arbres s'ouvrir, des oiseaux passer puis apparaît le cœur du feuilleton : la maison. Elle ne craint ni la neige, ni la pluie, ni le loup. Cette maison chaude comme les joues d'un radiateur en fonte, aux volets mauves dans lesquels est creusé un cœur, à un étage, au toit de tuiles, au vaste jardin, dégagé, parfaitement entretenu. *Petit Ours Brun* présente une image réactionnaire, genrée, un cadre qui a explosé. Quand j'avais l'âge de mon dernier fils, *Petit Ours Brun* n'existait pas. Je suis en pleine régression. Mais une régression douloureuse.

À l'âge adulte, j'ai été expulsé du jardin d'Éden de *Petit Ours Brun*. Il est au centre d'une société d'ordre, enfant roi, unique, comme tout enfant regardant ce dessin animé. Il n'a ni frère ni sœur. Il connaît néanmoins l'altérité qui se limite à Petit Ours Gris et Petit Ours Beige.

À l'intérieur de la maison, papa lit son journal, maman un livre. Papa fait le jardin et maman le ménage. Il n'y a pas de partage de tâches mais chacun est dans son rôle stéréotypé. Petit Ours est gourmand. Petit Ours est un enfant. Mais surtout Maman Ours et Papa ne cèdent pas à l'énervement. Ils sont pleins d'amour, fermes parfois mais ne sortent jamais de leurs gonds. En toute circonstance, l'harmonie règne, le rire ponctue l'histoire.

Aucun conflit ne lézarde la maison de *Petit Ours Brun*. Comment se fait-il que Petit Ours ne soit pas un grand névrosé ? *Petit Ours Brun* est un film de propagande heureuse. Je m'en délecte comme d'un univers illusoire, insupportable, qui me permet néanmoins de me réchauffer. Il souligne que ce monde est définitivement perdu. Il n'y aura pas de retour. Le foyer a brûlé.

Décompensation, c'est un mot qui me vient à l'esprit, au petit matin, lors d'un réveil précoce. Un mot telle une écharpe qui flotte, vous entoure. Mais je dois taire cette violence psychique. Je suis un père. Je dois sourire, les rassurer. Comme une hôtesse de l'air à bord d'un avion qui perd dangereusement de l'altitude. Tout se crashe. Tout se fissure. Tout s'ébranle mais il faut couvrir les enfants de baisers, de chaleur, chasser les larmes, les petites catastrophes à coups de balai.

Les deux doudous de mon plus jeune fils sont une préoccupation de chaque instant. Je porte la plus vive attention aux tétines de biberon Aven pour qu'elles ménagent un écoulement fluide, un débit ni trop faible ni trop excessif. Le lait doit être à bonne température. Je le chauffe sur le gaz, toujours dans la même casserole. J'y plonge mon auriculaire gauche ou droit pour vérifier la température, c'est à la seconde près. Ensuite, verser le lait demi-écrémé bio dans le biberon où j'ai auparavant jeté plusieurs cuillerées de chocolat en poudre. Voilà mon quotidien, mes instruments de travail. L'entonnoir où explosent les idées générales.

Je suis devenu étranger à la vie intellectuelle, à mes amis qui jonglent avec des concepts et ne sont pas des noyés comme moi. Nous pensions que nous serions des pères comme nos pères avec néanmoins les mains dans les couches. Nous imaginions que nous vivrions cette nouvelle d'Hemingway, *Père et fils.* Nous ferions des parties de pêche, de chasse pour conjurer la cruauté et la folie des hommes: « Comme tous les hommes doués d'une faculté surhumaine, son père était très nerveux. Il était aussi sentimental et comme la plupart des hommes sentimentaux, il avait été tout ensemble cruel et trompé. »

Sans doute avions-nous succombé à la grandiloquence de la paternité. Nous étions des pères pratiquant le peau à peau avec nos enfants, sans cette distance nécessaire à la rigueur de l'éducation. Rien ne me rendait plus heureux que de voir le visage de mes enfants dans les brins d'herbe et les embruns de la mer. Leur regard léger qui nomme tout pour la première fois. Il agit sur nous comme un découvreur. Mais pour cela il faut l'unité, un foyer, sinon l'insouciance et la curiosité seront détruites. Le père devient maternel, s'adoucit. La mère se montre paternelle, plus autoritaire. C'est fou comme on se souvient dans ces moments périlleux de sa propre enfance, de l'unité, du cercle parfait.

Ce n'est plus nous qui décidons de notre vie privée. On croit que nos vies sont des idées, des engagements, ce ne sont que des marques. Tout est dans l'impulsion, la consommation. Consommation dans les grandes surfaces de plus en plus géantes. La carte de fidélité quand le monde est devenu infidèle. Toutes ces cartes dans mon portefeuille : Carrefour, FNAC, Decathlon, Air France. Cumuler les points. Aliénons-nous un peu plus aux centres commerciaux, cette périphérie de la vie.

Le beau mot de fidélité. Révolu. Il évoque l'Ancien Régime. La royauté. Ce mot *fides* que nous apprenions en latin. Ces sites de rencontres : « Trompe ton mec », ces articles de magazine : « Les 10 commandements de la femme infidèle ». Un couple c'est deux peaux qui poussent en même temps. Tous ces tressaillements partagés, ces nuits communes dans les profondeurs, corps et âme.

Je me souviens de l'un de mes fils dire une après-midi de jeu à l'un de ses copains : « Ma mère est partie de la maison. » Séparation. Les enfants ont toujours leur mère, leur père. Mais c'est la mort de leurs parents. Un meurtre comme la vie nous en fait tant commettre sans qu'on s'en rende compte. On aime un être puis on le tue.

C'est tout de même extraordinaire de se promettre l'absolu, de sacraliser les liens du mariage, la fidélité devant Dieu, de s'inscrire dans une perspective d'éternité pour finir dans un cabinet d'avocats à compter les cuillères et celui du juge des affaires familiales à parler de prestations compensatoires, d'indemnités de résidence, de semaines paires et impaires pour la garde des enfants et du droit de jouissance… de la voiture. Ordonnance de non-conciliation, liquidation du régime matrimonial.

Devant les hommes de loi, juges, avocats, notaires, exacts opposés de la loi divine, on s'aperçoit que le mariage est avant tout un contrat. Un pacte d'associés. Ça vous dessille sur les sentiments, la passion. L'amour est anarchiste. Il ne doit pas être encadré par le Code civil.

« Fait assigner son conjoint en divorce sur le fondement des dispositions des articles 237 et suivants du Code civil ». « Acte d'huissier ». « Demande reconventionnelle en divorce ». « Part contributive mensuelle ». « Autorité parentale ». « Enfants mineurs. » Autant de balles dans le même barillet. Désormais, c'est la justice qui décide du sort de notre famille. Il m'est impossible d'assister à un mariage. Comment croire ? Interdiction par l'Église de communier. Les divorcés sont des feux follets. L'avocate, la voix de celle qui fut mon aimée au temps de l'amour courtois, veut que je monte sur le bûcher. Chaque époque a son bûcher.

La rupture du lien conjugal est un temps médiéval. Le droit sait aussi être inquisitorial. Il peut réparer mais seulement après avoir disséqué. Qui sont les criminels ? Les saints ? Les innocents ? Oui, le temps de l'innocence, de la naissance, du bain et du baptême. Je vais te salir : il en restera toujours quelque chose. Et pourtant, nous avions le sentiment de vivre un temps de paix inédit.

Ce grand calme était, en fait, insupportable. Le terrorisme religieux, la guerre entre les femmes et les hommes comptent parmi les combustibles qui ont incendié la joie de vivre de notre génération. Sur le front de l'économie, nous avions connu un chômage endémique. Sur le front de la santé, le sida avait moissonné notre éducation sexuelle. La guerre des religions avait explosé l'œcuménisme de l'époque et notre esprit de tolérance. La guerre des sexes avait déversé du napalm sur le *flower power* dont nous étions les enfants.

Le feu. Le grand feu purificateur. La géhenne de la Bible. La vallée de la Bible. Ce n'était plus au dieu Moloch que l'on offrait des enfants en sacrifice. « Les marmots » comme disait le père Flaubert. Nous fîmes des enfants rois pour les passer ensuite par le feu. Une forme de mutilation, de suicide de secte.

Apparut alors simultanément un syndrome qui toucha femmes et hommes : le burn out. Nous avions traversé le mur du son, crevé nos tympans, brûlé les pneus jusqu'à l'échappée. Lessivé par le travail, cet océan tempétueux de la productivité, le monde n'en pouvait plus :

— Comment vas-tu ?

— Crevé !

Ce syndrome présentait un aspect futuriste, surréaliste. Selon l'encyclopédie numérique : « À l'origine, *burn out* est un terme de l'industrie aérospatiale. Il désigne une fusée à carburant solide montant à vive allure, qui retombe à terre et explose lorsque le combustible est *burn out* (épuisé). » Quand on y songe, c'est magnifique. Nous étions tous des météores promis quelques secondes à l'azur avant de nous écraser. Le travail rendait fou les Occidentaux. Folie ou chômage. Il n'y avait guère de nuance, d'entre-deux. Cet épuisement généralisé avait gagné toute la population laborieuse. Des cadres, des employés, des agents de maîtrise, des cols blancs. Partis dans l'enthousiasme et la joie active ces cons avaient été laminés. Jamais les générations occidentales européennes n'avaient été aussi bien nourries. Jamais nous n'avions eu un temps de paix aussi long. Après avoir connu l'ennui, nous avions été brûlés par la guerre économique.

Cette crise, maladie chronique, nous vrillait les oreilles. Nous avions dû céder à la folie du travail quand on avait la chance d'en avoir un. À vingt ans, la vie rêvée ressemblait à un roman d'Hemingway, à un bateau qui prend la haute mer, tape dans les creux mais relève toujours le nez et gagne la ligne d'horizon.

L'absence de grandeur de notre génération a été caractérisée par le repli sur ces questions privées. Les chagrins d'amour n'élèvent pas une génération mais leur tonalité caractérise l'époque. Un couple c'est des routes partagées, un territoire, une habitude. Le mouvement, ce trompe-la-mort, est sa respiration. Le confinement sa condamnation.

Mais quelles sont les routes de la vie ? Devais-je retenir la route de la mer ? Elle avait servi de promontoire à Monet. Après un virage en lacet, elle débouchait telle une révélation au bord des falaises. Le paysage semblait se déchirer d'un coup. À chaque fois la même sidération : on ne savait jamais de quelle couleur serait la mer gardée par ses colosses de craie. Route rêvée, mythique, celle de l'Histoire, de l'histoire de ma famille puisqu'elle conduisait au berceau grand-paternel si rural et se superposait à la route de la peinture.

Cette route en lacet que l'on appelait les S de Pourville,

pareille à une route de montagne enlacée dans ses falaises comme un être aimé dans des bras protecteurs. Cette route que j'ai descendue et remontée tant de fois dans l'exaltation de la course à pied. Cette route qui reliait ma maison à celle de mes parents et beaux-parents. Cette route menacée par l'érosion des falaises qui reculaient, fracturée à certains endroits : la nature ce n'était pas seulement le cycle des saisons, la roue de la mort et de la renaissance. Ces falaises naturelles vieillissaient, se transformaient et soulignaient comme un géant de plus en plus humain la finitude de notre propre vie. Nos petites vies. Cette route était pour moi celle de la beauté, de la respiration, de la plage, du farniente. Je la redécouvrais chaque jour : elle ne me lassait jamais.

Cette route où le dimanche en fin de matinée, quand nous allions déjeuner chez mes parents, ces déjeuners de fête, hymnes à la vie, je voyais le vieux coupé Mercedes de ma femme me dépasser : elle baissait alors la vitre, me faisait signe de la main avec cette grâce qui était sa signature. Mes deux fils aînés, encore petits, se retournaient alors sur la banquette arrière et m'envoyaient des baisers et des regards admiratifs pour mon maigre exploit sportif.

J'allais les retrouver chez mes parents, prendre une douche et, après cette renaissance, les embrasser, si heureux d'être leur père, si fier de leur mère. Et là souvent avec mon frère et ma belle-sœur, on allumait la vie avec des verres de punch, des acras et une bonne biguine qui faisaient revivre nos Antilles enfantines. Rien d'empesé lors de ces déjeuners où la provocation, l'admiration et l'amour se disputaient la part des anges. Ces coups de l'étrier nous permettaient de sauter les obstacles : nous étions ensemble.

Plus tard, l'inverse de ces parenthèses de soleil : la vision de mon fils cadet se retournant dans une voiture étrangère et m'adressant un geste de la main comme si c'était celle du naufragé. Il quittait la maison protectrice pour aller vers l'inconnu. L'arrachement. Mon « Au revoir les enfants ». Je revois ses grands yeux marron bridés m'exprimer tout son amour. Comment était-ce possible ? Je vivais à cloche-pied. Amputé. Je pouvais faire deux cents kilomètres en voiture, prendre un avion à l'arrache pour les voir cinq minutes, à l'école, pendant la récréation. Sentir leurs doigts à travers la grille. Leur école se trouvait pourtant à trois cents mètres de la maison. De la cuisine, j'entendais la rumeur de la cour de récréation et croyais distinguer le cri de mes enfants.

Un matin, la classe maternelle de mon plus jeune fils se promenait sur le chemin devant notre jardin. Il m'adressa un signe de la main. De l'autre, il tenait sa jolie maîtresse. Il y avait dans cet instantané un frémissement joyeux, idyllique : une classe à la campagne, se gargarisant de l'air du printemps. Une scène qui me fit penser à *La gloire de mon père* de Pagnol, ce récit de l'unité et de la nature. Je vis mon fils tourner la tête vers la maison comme si elle appartenait à l'heureux passé : déjà enfant, il se retournait. Et si la maîtresse d'école le tenait par la main c'est qu'elle voulait le protéger. Je n'ai pu m'empêcher de courir vers lui pour l'embrasser.

Tous les enfants avaient cueilli des fleurs, des pissenlits

comme ceux que j'offrais à ma mère quand j'étais enfant. Il m'a tendu son bouquet et l'un de ses camarades le sien. Il s'est accroché à ma jambe, a voulu rester avec moi. Je l'ai embrassé en le serrant dans mes bras. Avec raison, sa maîtresse a tout fait pour détourner son regard : sans nous parler, nous convînmes que ce baiser devait être fugitif afin que la rencontre ne tournât pas au drame.

Qu'aurait fait de cette scène un guerrier de l'*Iliade* ? J'ai les yeux crevés. Aveuglé par le chagrin et le désir de revanche. Ces années de crevaison qui ne me laissent aucun souvenir heureux. Prisonnier de moi, de mes petites névroses alors que mes enfants sont dans l'âge de la joie de vivre. Mais y a-t-il un âge obligé de la joie de vivre ? Ils sont ma dernière ligne de vie. J'ai besoin qu'ils me submergent, me recouvrent puisque je suis devenu aveugle.

La séparation multipliait les petites morts. Les routes me provoquaient. Je faisais des embardées, roulais à cent quarante sur la neige, cognais la rambarde de sécurité. Les tête-à-queue pendant lesquels la direction n'est plus maîtrisable saisissent dans un précipité toute existence. Je comprends que Sautet s'en soit servi dans *Les choses de la vie*. Accéléré et ralenti. Tourne, tourne la vie. Le reste du temps, je restais chez moi comme un vieil acteur un peu cabot, accroché à mes photos du temps passé, preuves de notre bonheur que d'aucuns voulaient salir, réécrire. Car la barbarie c'est bien l'absence de mémoire.

Une fin d'après-midi, mon fils m'attend sur les escaliers de la maison avec une rose coupée du rosier d'où j'ai moi-même extrait une fleur de cette couleur rouge prune, que j'ai déposée dans le cercueil de son jumeau, Arthur, mort à la naissance. Les rosiers sont coupés, pour paraphraser le titre du roman d'Édouard Dujardin *Les lauriers sont coupés*, tant aimé de Valery Larbaud, l'auteur d'*Enfantines*, et qui passe pour le premier monologue intérieur dans la littérature : « Un soir de soleil couchant, d'air lointain, de cieux profonds ; et des foules confuses ; des bruits, des ombres, des multitudes ; des espaces infiniment étendus ; un vague soir… […] Voici la maison où je dois entrer : où je trouverai quelqu'un ; la maison ; le vestibule ; entrons. Le soir tombe ; l'air est bon ; il y a une gaieté en l'air. L'escalier ; les premières marches. »

Les escaliers. Ceux qui conduisent à la maison. Ceux qui mènent aux chambres de l'enfance. Cette caisse de résonance que mes fils dévalaient en robe de chambre quand je rentrais de voyage, en criant « papa ». Je les monte maintenant comme un poilu dans sa tranchée. À chaque degré, je mesure l'étendue du désastre. L'escalier est le mètre de notre mémoire. C'est un entre-deux, une suspension de quelques degrés.

Je regarde avec curiosité ces faits divers où des pères liquident leur propre famille, femme et enfants. Tout figer parce que le renversement de la vie est insupportable. La fin d'une histoire d'amour n'est rien par rapport à l'éclatement d'une famille. Au nom de la liberté et de l'émancipation, nous tuons les autres, cette chair de notre chair. Flambée aussi de pères qui réclament la garde de leurs enfants, après une séparation, et accomplissent des actes spectaculaires comme grimper en haut d'une grue. Monter plus haut que les hommes pour se faire remarquer.

Atrocité de la judiciarisation de l'enfant : encadrer ce que deux êtres, un homme et une femme, ont créé par amour. Le mystère de la nature est soudain piétiné par des juges, des avocats. Au nom de la République française. Cette dépossession. Cette vie privée qui se déverse sur la place publique. J'étais habité par la honte et la colère. La judiciarisation de nos vies peut sembler un progrès contre la violence et les conflits. C'est une autre torture. Celle de nos sociétés modernes. Émancipées. Toute notre vie consignée, découpée, autopsiée par les légistes. Plus aucune géographie familière ne pouvait m'accueillir. J'avais été expulsé des territoires où nous avions vécu dans l'insouciance.

Après les fêtes de Noël, les grandes vacances s'avéraient un autre supplice. C'était la scène des premières amours, des rencontres mais aussi le théâtre des familles. J'observais dans le regret ce qui avait disparu et ne reviendrait jamais plus. Ce qui constituait une page colorée et épargnée de toute vie française avait définitivement brûlé. La maladie, la mort ne font pas partie du paysage de la plage. La noyade est l'irruption de la tragédie dans un décor hors du temps.

Avais-je eu de vraies grandes vacances depuis que j'étais père de famille ? Je n'en suis pas sûr. J'étais dans la lessiveuse d'une petite entreprise. Chaque jour, je combattais l'eau et le feu. Il fallait à la fois mettre du combustible en évitant le feu de chaudière et écoper. Mais cette plage plus qu'une banale parenthèse était notre quotidien de beauté. Maintenant je ne pouvais plus me fondre dans le décor. J'étais celui qu'on remarquait : un père avec une flopée d'enfants. Qu'est-ce qui était atroce ? À vrai dire tout. Mais surtout la communion du bonheur. Car le bonheur est un pays de construction et de certitude où l'on se sent si vite étranger. Le doigt du malheur est celui des dieux ; le malheur, cette dépossession totale, je le ressens encore plus sous le soleil et le ciel bleu.

C'est cela une séparation. Vous êtes expulsé de la plage – cette bande de littoral dédiée aux familles, où l'on regarde les autres en faisant semblant de regarder la mer. C'est le lieu d'observation des corps. Le supplice consiste à montrer son anomalie, sa difformité morale, tout en nous rappelant la carte postale de notre bonheur qui appartient au monde d'autrefois.

La plage au pied de notre maison, la plage des grandes vacances, ce ruban de sable qui relie notre enfance à celle de nos enfants. Cette apothéose, on se doit de la réussir : on dresse le bilan de l'année scolaire et formule des vœux pour la rentrée. La plage, cette bande où nous sommes épargnés, où la vie nous semble un perpétuel été, figé dans une photographie idéale. La plage est une forme de religion puisque nous fermons les yeux, allongés comme des gisants, et nous recueillons sur nous-mêmes.

Pour nos enfants, c'en était désormais fini des vacances avec leurs parents. Les vacances, la route des vacances c'est ce qui reste dans nos vies quand tout s'écroule.

L'été, je conviais une ribambelle d'enfants à la maison. Mes fils. Les copains. Les copains des copains. Qu'il pleuve, vente ou fasse grand soleil, je les emmenais à la plage. Pour calmer leur ardeur, la mer ! J'ai des souvenirs de grève déserte sous des ciels noirs de menaces et de ma brochette d'enfants alignés debout sur les galets se faisant drosser l'un après l'autre par les rouleaux.

Que l'existence bourgeoise disparaisse n'était pas grave. Mais l'horreur c'était qu'on m'arrachât le sacré. Le décorum avait brûlé. Qu'importe si Dieu voulait bien m'accorder mes fils. Je hurlais comme un animal. J'avais perdu la raison en même temps que la beauté. Dérailler. Déraisonner. « Le caractère de l'homme est son démon. La plainte, la plainte, dis-la mais que le bonheur triomphe, Agamemnon ».

J'avais honte de me montrer amputé. Honte quand j'emmenais les enfants à l'école, chez des amis, le médecin, quand je rencontrais leurs enseignants qui avaient connu la vie d'avant. La honte, ce sentiment bourgeois, comme la culpabilité. On avait incendié au lance-flammes mon honneur de mari et de père. Je n'avais pas honte devant Dieu et la Vierge Marie, « bénie entre toutes les femmes ». Marie dans sa beauté magnanime me semblait au-dessus des luttes de pouvoir et de territoire. Elle me recueillait, venait à mon secours pour épargner mes enfants. C'est elle qui adoucissait la colère de Dieu tombée sur moi comme sur Job. Le bonheur se détourne de vous et Satan frappe de sa faux avec jubilation. Il faut nourrir la roue du malheur.

Dans les églises, je n'avais plus honte. Je m'y réfugiais, seul. Je m'extirpais de la furie extérieure qui m'abîmait. Bien sûr, je nous revoyais au temps de l'échange des consentements, devant l'autel, dans le chœur.

Notre époque tournait le dos au catholicisme. Les églises se transformaient en centres culturels. Et pourtant, quand nous serions appelés au Royaume des morts, nous devrions bien nous accrocher à Dieu dans notre solitude : « Je suis sorti nu du ventre de ma mère et j'y retournerai nu. »

Une époque ayant bradé le sacré est condamnée à courte échéance. Seuls, nous ne sommes rien et cessons d'appartenir au chœur. Le bonheur nous donne l'illusion opiacée que nous sommes maîtres d'un destin singulier. Tout est arrachement. Rien ne nous appartient : ni les êtres aimés, ni nos enfants, ni même notre corps. Cet arrachement, le pire que j'ai eu à endurer dans ma vie d'homme occidental épargné par les guerres et les famines. On m'avait cloué pour que je ne puisse voir mes enfants. Et d'un coup, je pouvais enfreindre la loi, les codes de bonne conduite pour un baiser dont je savais la puissance mais aussi la tragédie de l'éphémère. Tout perdre quand tout a brûlé.

L'époque, il est vrai, fut celle du dérèglement climatique. Les forêts brûlaient même en Scandinavie. L'incendie était général. La planète virait au rouge. La main de l'homme avait tout saccagé. C'était comme si un matin on s'était réveillé dépourvu de tout sens religieux avec la conscience qu'on avait détruit ce qui semblait indestructible. La couche d'ozone percée, c'était un point de non-retour. Des espèces animales et végétales avaient été définitivement éradiquées. Les étés étaient brûlants. Les hivers sibériens. Les cyclones portaient des prénoms de femmes et s'abattaient comme des revanches mythologiques. Des vagues de submersion menaçaient de nous recouvrir.

Nous avions trop consommé et tout se consumait. Partout s'imposait désormais le principe de précaution alors que le crime était déjà perpétré. Nous étions comme les Australiens préservant les aborigènes après les avoir exterminés. Les phénomènes climatiques évoquaient des violences conjugales, des divorces tempétueux. Tornade, tsunami, ouragan. On regardait le ciel en se disant que nous étions les spectateurs de la fin du monde. C'était une autre tragédie que la fin de siècle précédente.

Nos parents avaient été des enfants de la guerre. Nous de la crise économique et climatique. Nous possédions des photos de vacances avec eux et nos grands-parents. Notre génération avait des photos de voyage. Être dans le hip-hop du monde voilà ce que nous vendaient les publicitaires. Cela signifierait quoi, les photos de famille, pour nous ? Quelles traces, quelle mémoire allaient laisser les familles monoparentales, l'explosion de la sphère privée ?

J'explorais désormais les arcanes de la paternité solitaire. J'avais mis genou à terre. Il ne me restait plus qu'à me coucher sur mes enfants pour les protéger et attendre la fin de la tempête. C'en était fini de la littérature. J'étais dans le dur. Une vie enchaînée et en même temps déchaînée dont je portais la responsabilité. Je voyais la vie de façon binaire : le monde d'avant et celui d'après. Une ligne de fracture nette, identifiée. Son départ. Ses adieux…

Depuis, j'avais connu la ruine, l'humiliation devant les tribunaux, assigné par celle avec qui j'avais partagé l'amour et plus encore cette part qui nous dépasse, nous transfigure, l'alliance incommunicable des âmes et des peaux qui ont poussé ensemble et repoussent nos égoïsmes.

C'en était fini de la magie, de l'émerveillement, de la découverte d'un pays, ensemble. Le voyage, le vrai voyage, c'était terminé. Dans le monde d'avant, lors de ma première incursion au Vietnam, j'avais enregistré sur un petit magnétophone une lettre à mon fils aîné au cours d'une navigation dans la baie d'Along épargnée alors par le tourisme de masse. Partager cette beauté était désormais impossible. Je ne pouvais plus emmener mes enfants vers l'ailleurs, hors du quotidien, cette dalle de béton.

Le sac de voyage était devenu le sac. Celui dans lequel on enfermait les cadavres avant de les immerger. Ce linceul dans lequel Edmond Dantès s'était glissé pour s'échapper du château d'If. Le sac, symbole de mon exil intérieur. Il contient les carnets de santé, les papiers d'identité, les affaires des enfants. Le sac, objet de mon humiliation. Il me fait honte. Il est déposé à l'école de notre plus jeune enfant, près du local poubelle. J'essaie de le soustraire au regard des autres parents.

À l'école maternelle, à la fin de la semaine, quand je laisse mon dernier fils, je ressens la douleur des entrailles. Tandis que je lui mets ses chaussons qu'il doit porter en classe, il s'accroche à mon cou pour ne pas tomber et me caresse les cheveux. On s'embrasse plusieurs fois et à travers la baie vitrée de la classe on continue de s'envoyer des baisers. Et puis soudain, je ne le vois plus.

Avant de se quitter avec les enfants, on passe du temps à se serrer dans les bras, à se tomber dans les bras. Se serrer pour se tenir chaud, ne pas ressentir le grand frisson d'effroi. On dit que l'on s'habitue à tout. Je ne m'y suis jamais fait. J'ai tant rasé les murs dans ma solitude de père défait.

Le sac de voyage et la valise trop grande pour eux quand ils partaient en vacances vers un futur inconnu. Cette cérémonie des adieux. Je ne voudrais rien laisser à mes enfants de ces années-là. C'étaient pour moi des journées de cendre et de pluie. Quelles photos de leur enfance fracassée conserveraient-ils ? Les fêtes de Noël, les grandes vacances étaient devenues pour leur père un saut de haies. Lance-flammes du souvenir. Des mots suffisent à raviver les brûlures : Sac. Planning, etc.

Une organisation stricte, planifiée. Santé et logistique de mes fils constituaient mes deux principaux fronts. Où était l'enchantement ? L'onde de choc qui parcourt la maison et mon corps quand ils partent à la fin de la semaine. Le plus jeune qui compte sur ses doigts les jours qui nous séparent du retour. Les questions : « On rentre quand ? » « Les vacances on les commence avec toi ou maman ? »

Système binaire. Vies parallèles. J'y vois le signe manifeste de l'éclatement de notre époque où l'unité est suspecte. L'élan, la tendresse, les baisers, tout ce qui nous semble ridicule chez les autres et constitue le meilleur de ce que nous sommes. La protection contre l'agression extérieure. Cette fusion des peaux, des baisers, des larmes. Le secret, l'incommunicable entre les êtres.

À l'heure de notre agonie et du grand froid, nous convoquerons jusqu'aux larmes cette chaleur, ces baisers donnés parfois mécaniquement et qui sont pourtant notre adoubement. Nous ne devrions pas passer à autre chose. Ce sont nos instants de grâce.

Je n'ai vraiment pleuré que lorsque le monde étranger m'a arraché mes enfants. Il fallait relever la pierre tombale qui m'écrasait. Cette suspension du temps contre la mort c'était bien nos enfants qui nous la procuraient. Cette plénitude de la vie avant la chute, la descente aux enfers. Je n'avais plus qu'à prendre mes fils dans les bras. Contre les ravages du temps. « Vos enfants ont besoin de vous », me répétait mon avocate quand elle sentait que j'allais lâcher prise.

Je ne croyais qu'à la vérité des paysages. Les routes du bonheur partagées à deux puis en famille, voilà ce que l'on retient. Le pays de l'enfance était ravagé. Dans les journaux, je voyais les enfants syriens au milieu de leurs jouets, sous les gravats. La guerre sur les chaînes d'info en continu, les réseaux sociaux de la haine. La guerre jusqu'à devenir notre quotidien sans que nous nous révoltions. À l'école, nos enfants faisaient des exercices de confinement en cas d'attaque terroriste. Les guerres martelaient notre réel : guerres du Golfe, de Serbie, de Tchétchénie, génocide au Rwanda, guerres en Afghanistan, en Irak, en Libye, contre l'État islamique. Et pourtant notre mémoire retiendrait des lieux, des objets familiers, des parfums, l'inverse de la tragédie.

La transparence numérique de l'époque se conjuguait à un déchaînement de violence. Nos enfants étaient passés de *Petit Ours Brun* au rap de Jul et de Black M. Mon cadet avait écouté entre-temps le cynique *Joyeux Noël* de Max Boublil : « Moi cette année, j'ai deux Noëls. Un Noël chez papa. Un Noël chez maman. » Il écoutait aussi avec une tendre curiosité Alain Souchon, *Toto 30 ans, rien que du malheur*. Souchon qui avait accompagné toute ma génération. « Tu la voyais pas comme ça ta vie [...] Doucement ta vie t'a mis KO ». Souchon avec qui on partait en vacances, dans la voiture : « Elle croyait que j'étais James Dean, américain d'origine, le fils de Buffalo Bill alors admiration. » *J'ai dix ans*. Nos fils, que raconteraient-ils plus tard à leurs enfants ?

Peut-on transmettre une famille décomposée alors qu'on essaie, à son tour, de construire une famille ? Elles étaient belles les fêlures ! « La vie ne vaut rien ! Rien ne vaut la vie. » Je ne cessais de me répéter : « Je ne suis plus de ce monde. »

Je m'allégeais de tout. « Moi je voulais les sorties du port à la voile, la nuit barrer les étoiles. »

Dans la rupture, on tourne le bouton de la variété française. La fréquentation des livres du docteur Philippe Sollers m'avait enseigné que seuls Bach, Mozart, Vivaldi vous permettent de vous relever, de regarder de nouveau l'éveil de la nature, d'entrevoir un rayon de joie. On va à l'essentiel. La posologie ne soignait pas la solitude mais tant pis. *Avanti ! Allegro fortissimo !*

Les derniers objets auxquels je tenais étaient les cadeaux de mes fils à la fête des pères. « Mon petit cœur a demandé à Monsieur le grand alphabet de lui écrire un mot d'amour. Qu'il pourrait garder pour toujours. Monsieur le grand alphabet a pris un P puis un A. Et a écrit le mot Papa. »

Ces bouts de papier, ces dessins, ces porte-clés, ces sculptures en aluminium ou en carton sont les trésors que je m'efforçais de conserver dans le raz de marée. Ils sont les trophées de mon bonheur et honneur. L'adversaire avait voulu me déshonorer. Honneur de mari sali. Honneur de père bafoué. L'or de l'amour est transformé en haine de plomb. Je me devais de tenir. C'était le mot qui revenait comme une antienne. Si on enlève ses enfants à un homme, il est coupé de l'énergie vitale. Il n'a plus de tête. C'est un ravage absolu. Les sociétés sont natalistes car elles tiennent les individus par leurs propres enfants.

Un autre de mes fils m'écrivait : « Cher papa. Lorsqu'on joue au rugby dans le jardin, je suis heureux. Quand tu nous emmènes à la pêche, je suis heureux. Lorsque nous allons faire du vélo près du champ de paille, je suis heureux. Quand tu m'emmènes à la plage, je suis heureux. Lorsqu'on joue au badminton ensemble, je suis heureux. »

Le week-end, je les conduisais à leur match de foot. J'admirais le dévouement de leur entraîneur, la manière alors tendre et vigoureuse dont il leur parlait, agenouillé pour se mettre à leur hauteur. À leur manière, les enfants reconstituaient une famille avec leur équipe. Le sport réparait de façon collective les blessures individuelles. J'étais seul, sans leur mère sur la ligne de touche. J'oubliais presque tout pendant ces matchs. J'étais dans l'action avec mes enfants, les poussant au maillot pour qu'ils marquent un but. Quand ils étaient gardiens, ils portaient des tenues bleues, noires ou roses très élégantes. À la maison, ils enfilaient des T-shirts du PSG, *Flying Emirates*. Les mêmes que les enfants de Daech, prisonniers après la chute du califat de l'État islamique.

C'était bien cela l'essentiel : quelle mémoire allions-nous leur transmettre ? La mémoire, était-ce si important ? Un poids. Un devoir. Une culpabilité. Qu'est-ce que je leur laisserais comme album de famille ? Une famille fracassée. Une guerre intime. Leurs parents seraient des vétérans du Chemin des Dames. Gazés. Gueules cassées. On avait joué à la guerre à vingt ans. Maintenant, elle nous renversait. On nous avait jeté un filet de gladiateur dans les jeux du cirque. Je me souviens que l'expression « urgence absolue » est apparue après les attentats terroristes qui frappèrent la France : le siècle avait alors l'âge de nos enfants.

Toute famille est une résistance contre le monde extérieur. Mais pourquoi le bonheur privé était-il devenu l'horizon, une ambition historique ? On pouvait y voir une forme de régression. Fonder une famille était une vocation. Elle s'accompagnait aussi d'une flambée des ego, de bien-être. La souffrance de nos enfants était notre crucifixion, incompréhensible dans un monde de la consommation qui voulait effacer la mort et claquait la porte au nez du sacré.

Je revois les fractures de notre fils aîné après une chute à l'école primaire. Je revois le chariot le conduisant au bloc et l'instant où sa mère et moi lui lâchions la main. Je revois le menton de mon cadet ouvert jusqu'à la gorge comme si on l'avait dézippé. Je revois aussi les points de suture. Au front. Au crâne. Les points de suture sans anesthésie. Ma colère contre le chirurgien qui le faisait souffrir. Ma détresse et le calme grec de sa mère.

Je revois le fourgon du SAMU à bord duquel je me trouvais avec notre plus jeune fils, en quarantaine, allongé, moi assis à ses côtés, main dans la main où il me remettait sa confiance dans la vie alors qu'on suspectait une méningite : l'infirmière entourait au feutre noir des marques mauves qui fleurissaient au fil des minutes d'angoisse sur son torse, symptômes d'un purpura fulminis. Le fourgon avait grillé, à toute blinde, un feu rouge, avait été flashé par un radar et le chauffeur avait lancé au brancardier assis à côté : « Tu notes ? sortie de D... » Et comme dans un camping-car, tout brinquebalait dans les tiroirs où étaient entreposés les instruments médicaux. C'était un grand tremblement métallique. Les soignants portaient un masque. Moi, un imperméable (pourquoi pensais-je de façon si incongrue à la chanson de Mort Shuman *L'imperméable anglais* : « Cet imperméable anglais qui me faisait ressembler à un ambassadeur pas frais, pas frais d'un pays presque oublié » ?).

Je n'avais plus qu'eux. Mes trois fils. J'avais mis dans la précipitation les deux grands à l'abri chez mes parents. J'étais en suspension, happé une nouvelle fois par le combat pour la survie de notre fils. Le masque à gaz pour la ponction lombaire. « Tu vois des anges ? » demandait l'infirmière.

Dans la chambre 518, il tournait la tête tantôt d'un côté du lit où se trouvait sa mère qui nous avait rejoints, tantôt de l'autre où se tenait son père. Nous avions pourtant été ensemble, dans un autre temps, du même côté du lit, pour insuffler la vie à notre enfant né très grand prématuré. Nous l'avions entouré comme Joseph et Marie avaient entouré Jésus.

Désormais quand nous quittions l'hôpital nous empruntions volontairement des chemins opposés. Et par miracle, notre enfant ne souffrait pas d'une méningite – il en présentait tout le tableau clinique – qui avait foudroyé tant d'enfants de notre région – mais d'un banal virus. En sortant de l'hôpital il m'avait dit : « Ça fait bizarre. C'est la première fois que je vois papa et maman ensemble. »

Urgences, c'était le titre d'une série de télévision. Je ne pouvais plus regarder la télévision, supporter une scène de violence. Je passais mon temps à arpenter le territoire comme un loup solitaire ou un homme des bois. Je voyais mes enfants prisonniers d'un donjon que je me devais d'attaquer pour les libérer. On élevait des palissades autour de nos vies. On n'élève pas des enfants comme une portée de chiots. C'étaient eux qui m'élevaient vers le triomphe des défaites. Mes fils étaient des êtres qu'on portait, déportait. Des déplacés. Des Playmobil qu'on pouvait changer de décor. Articulés. Désarticulés.

Je me sentais de plain-pied avec ces femmes à qui la guerre, le terrorisme avaient arraché leurs enfants. Il y avait eu cette Madone de Benthala en Algérie criant sa douleur après avoir perdu son frère et sa belle-sœur – on avait d'abord longtemps cru que c'étaient ses huit enfants – massacrés par des groupes armés. Massacre, le mot convenait à notre époque. Massacre de Srebrenica. Massacre de septembre sous la Révolution française. Massacre de Sabra et Chatila. Comment pouvais-je comparer ces génocides religieux à ma petite déroute personnelle ? Je ne les comparais pas. Ils résonnaient en moi. Massacre du quartier de la Quarantaine en 1976 à Beyrouth par les phalangistes chrétiens. Et ces mères demandant grâce aux miliciens vêtus de blousons de cuir courts et de pantalons « pattes d'éph ».

Cette guerre au Liban photographiée par Françoise Demulder qui mourrut d'une maladie atroce, au milieu de ses chats, ruinée, dans un petit village en Normandie. Françoise Demulder, surnommée Fifi, qui me fascinait tant, parce qu'elle avait été l'une des photographes égéries au Cambodge et au Vietnam, dans les années 70.

De notre temps, les terroristes envoyaient des messages de sang sur les réseaux sociaux tandis que les couples de bobos s'égorgeaient. Nous avions l'air de quoi, nous les Occidentaux, les fesses dans le confort, à défendre notre petit bonheur privé ?

Notre génération était celle de l'effondrement. Effondrement du mur de Berlin, du communisme, de l'Église, de la presse écrite, de la démocratie, de l'Europe. Effondrement de mes falaises, de la route du littoral sur laquelle je courais pour rejoindre la maison de mes parents. La consommation est aussi la preuve d'un effondrement moral.

Je passe mon temps à faire des courses, à courir. C'est la roue du temps et aussi le supplice de la roue. Je passe mon temps à rouler, à conduire un fils au foot, l'autre au tennis. Grandes surfaces et petites vies. L'accélération du temps nous a esclavagisés. Vie express. Mariage et divorce express : bientôt il y aura un code-barres sur les livrets de famille. Enfants de divorcés, la norme bien sûr ! La tendance. Ne pas y céder, ne pas l'accepter c'est crime de ringardise.

Je me souviens de la première fois que j'ai vu *La gifle* (1974) avec Lino Ventura et Isabelle Adjani. Pourquoi Lino nous faisait-il penser à notre père ? Pourquoi l'adultère est-il bourgeois ? Un an avant *La gifle*, nous écoutions

Les divorcés de Delpech. Nos parents aussi. Je connais par cœur les paroles de cette chanson coécrite par Jean-Michel Rivat tout juste alors divorcé. Il décrit un couple qui reste ami malgré la fin de l'amour : « Si c'est fichu entre nous, la vie continue malgré tout. » À l'époque, la fin du pompidolisme, les paroles nous marquent mais ne nous concernent pas. Nous écoutons les radios périphériques. L'autocollant *Europe 1* orange à l'arrière des voitures. La France doit rester estivale malgré le choc pétrolier. J'ai huit ans.

Le matin, j'entends, au réveil, mon dernier fils, à l'âge où j'écoutais *Les divorcés*, chanter dans son lit *À la claire fontaine*. C'est comme une lumière qui déchirerait les ténèbres. Je me souviens que la chanson était reproduite sur les menus des paquebots de la Compagnie générale transatlantique. Mon enfance fut un paquebot. Mes trois enfants ont connu le naufrage du beau navire. Ce que leur enfance a de commun avec la mienne c'est une école communale de briques rouges avec un préau, des arbres, une mémoire de craie et d'encre. Le monde d'autrefois. Pour le reste, un *cloud* nous sépare.

La première fois que je leur ai montré les photos de leur arrière-grand-père maternel en costume de marin breton. C'était après le départ de leur mère. Ils écarquillaient les yeux quand je ressortais des photos de leur mère avec eux bébés : « Ça c'est maman ? » Et ils s'exclamaient « Oh trop moche » devant leurs visages plus jeunes. J'avais sorti des boîtes de photos d'eux seuls ou avec moi. Mon fils aîné, cinq ans, tout sourire, en chemise à carreaux dans les hautes herbes des champs. Mon cadet, dans le jardin de mes parents, autour de la table, moi le prenant par les épaules. Dans cette maison où à peine adolescent j'écoutais *Et mon père* de Nicolas Peyrac : « Et mon père venait de débarquer, il hantait déjà les boutiquiers. Dans sa chambre on croquait du café, il ignorait qu'un jour, j'en parlerais… » Les paroles surréalistes qui faisaient jaillir Juliette Gréco, Brassens, Trenet et Brel, Sartre, le Café de Flore. Peyrac, ce Breton qui avait fait médecine, ressemblait à nos moniteurs de classe de neige. Il possédait une Jaguar.

À l'époque, les chanteurs avaient des accidents de voiture. « Et mon père allait bientôt planter cette graine qui allait lui donner ce débile qui essaie de chanter. Il ignorait que viendraient mes cadets. » Et mes fils plus tard écriront-ils que papa « *was not a rolling stone* » ? L'unité de notre famille était ce qui nous sauvait des tempêtes.

À l'aéroport de Bangkok j'achète une petite caméra couleur fuchsia (le monde se devait d'être coloré). Avec elle je filmerais les paysages de Birmanie, la joie du voyage, mais aussi le dernier été d'une famille nombreuse. Nos parents disposaient de caméras super 8 qui, aujourd'hui, nous semblent gigantesques. Pour regarder les films de nos vacances, il fallait installer un projecteur sur un trépied et fermer les volets de la pièce (souvent le salon). Le projecteur s'enclenchait alors avec un bruit de chenilles de char. Le film sautait parfois comme au cinéma. Le cinéma des familles.

J'ai filmé l'anniversaire des deux ans de notre dernier fils. C'est un déjeuner dans le jardin. Il y a des pâquerettes sur l'herbe. C'est le plein soleil. Les grands-mères et arrière-grands-mères sont là. Notre cadet porte des baskets rouges en toile montantes. Le fondant au chocolat semble transpirer au soleil. Ma belle-mère est encore toute attention à mon égard. Elle me vouvoie, m'appelle par mon prénom.

Elle, ma femme, a les épaules bronzées. « Qu'est-ce que

tu fais avec ce couteau ? — C'est le couteau du gâteau », répond sa mère. Bientôt c'est tout notre passé qui va être liquidé. Tout le monde rit. Tout le monde porte des lunettes de soleil autour de la table ronde recouverte d'une nappe blanche à liseré rouge. Notre dernier fils joue sur un plaid écossais de la Compagnie générale transatlantique qui date des années 60. Un copain des enfants, un voisin, arrive pour jouer. « Tout le monde est en famille aujourd'hui », dit ma femme d'un ton enjoué. Elle porte un top à bretelles. Une jupe. Un grand collier avec des fleurs en céramique bleue. « Je n'ai pas de briquet. Tu en as un ? » me demande-t-elle pour allumer les bougies du gâteau d'anniversaire. Allumer, mettre le feu, incendier, tout brûler… « Le meilleur vin, dis-je, c'est le vin du dimanche midi, sous le soleil. Et après c'est la sieste et la dépression du dimanche soir. »

Les voix, l'herbe verte, les voitures au fond du jardin. Plus tard, je me demanderais où était planqué le mensonge. Dans quelle partie de la maison se cachait la lézarde. Ma femme porte la montre que je lui ai offerte pour la naissance de notre premier fils. Et des chaussures à semelles compensées, argentées. Sait-elle qu'elle va me quitter ? Non, je ne le crois pas. Le prémédite-t-elle ? Pas plus. Combien de fois ai-je regardé ce petit film qui aurait pu avoir pour titre *Le dernier été* comme preuve de notre vie d'avant ? Les déjeuners de famille sont les comédies les plus universellement partagées. Les photos de ces déjeuners de famille aussi. Ils sont comme des tableaux intimes qui traversent le temps et se transmettent de génération en génération.

Perdre le bonheur, est-ce si grave ? Perdre le souvenir du bonheur me semble une tragédie.

Ma vie était amicale aux côtés des photographes. On travaillait main dans la main, dans cette parenthèse à la fois infantile et enjouée, qui m'éloignait quelque temps de ma famille vers laquelle je retournais avec plus de force, d'appétit, d'amour. J'aimais rapporter des souvenirs.

Cette année-là, trois jours avant qu'elle ne me quittât, Nicolas et sa femme déjeunaient dans notre jardin. C'est avec Nicolas que j'avais fait le voyage en Birmanie. En juillet, j'avais couvert à Londres des Olympiades de l'excentricité en compagnie d'un autre photographe, Olivier. Nous étions devenus immédiatement amis.

Chaque année, autour du 14 juillet, nous partions dans les Landes chez nos amis Alexandre et Aline. Nous y retrouvions un autre couple, Antoine et Nathalie. Nous partagions des souvenirs colorés et brûlants de soleil que retenait Antoine, photographe pourtant du noir et blanc. C'était comme si un janséniste nous prenait en photo et nous accordait une part d'éternité sculpturale. Il y avait un contraste entre sa personnalité pleine d'allant, tournée vers son art, et sa photo où tout semblait dépouillé et ramassé, brut dans son infinie délicatesse.

Le ballet était à la fois improvisé et ritualisé comme le sont tous les étés. Tout est été. Tout a été. Le matin, le petit déjeuner. Je suis le premier levé. Nathalie ensuite. Puis

Antoine qui me dit : « Ça va my chap ? Tu es déjà allé courir ? » Antoine, en tenue de jogging sautillant au-dessus de la tête de notre dernier fils qui a un peu plus de deux ans.

Le carreau rouge sang de la salle où se trouvait la grande cheminée, une carte de France en relief accrochée au mur. Les tables, celle du petit déjeuner (sous l'auvent), du déjeuner (dans le jardin), du dîner (sur la terrasse à l'arrière de la maison). Le soir, les photos tous ensemble, en couple. Cette photo où, derrière moi, elle pose sa tête sur mon épaule, son bras autour de mon cou – c'est la photo de notre dernier été. Notre fils aîné l'a prise d'une des chambres de la maison, au premier étage. Nous fermons les yeux tous les deux. Elle porte un jean, une ceinture de cuir, un pull en mailles légères. Au premier plan, le palmier, l'arbre suprême.

Tout est vert, bleu, rouge pendant cet été : l'eau émeraude de la piscine, la table de ping-pong, Le peignoir bleu ciel des enfants. Le Rubik's Cube posé sur la table du petit déjeuner. Le ballon gonflable de toutes les couleurs, si tendre et aérien, que notre dernier fils tient à bout de bras : c'est la planète Terre. Nos amis veillaient sur nos enfants comme sur leurs propres enfants. Nous avons partagé chaque été entre 1999 et 2009. Au tournant du siècle, lors du basculement dans l'ère numérique, une époque de chair et charnière.

C'était le Sud-Ouest. Loin de la mer. De l'Atlantique. De notre mer. C'était l'été que les enfants auront vécu avec leurs parents, ensemble. La *familia*, les copains, la marmaille. Le champagne avant le coucher du soleil. Le champagne au goût de pain d'épices. Oui, tout baignait dans une lumière dorée.

Le matin, j'aimais me tenir dans la solitude et la pièce du rez-de-chaussée où l'ancien (la cheminée) côtoyait le moderne (la télévision). Une pièce de la vie ordinaire avec ses machines à café, qui desservait le reste de la maison comme une scène de théâtre que tout le monde traversait en diagonale. Assis à la grande table en bois, je levais les yeux vers les livres de cuisine alignés sur les étagères mais ne pouvais m'empêcher d'aller à la fenêtre pour m'absorber dans la contemplation du palmier. Je basculais alors vers l'Asie du Sud-Est et les Antilles.

« Les arbres sont des alphabets, disaient les Grecs. Parmi tous les arbres-lettres, le palmier est le plus beau. De l'écriture, profuse et distincte comme le jet de ses palmes, il possède l'effet majeur : la retombée. »

Cette phrase de Barthes, je l'avais découverte à l'âge de vingt ans, dans un cours sur l'autobiographie. Notre prof fumait des Boyard à l'image de Sartre. On lisait aussi *Les mots* et *L'âge d'homme* de Leiris. À vingt ans, on se moque de l'enfance ou du moins on la tient à distance. À l'ombre des palmiers, je mesurais aussi que seuls les voyages repoussaient les désastres du quotidien. Le palmier était le fil de mon alidade. Mes enfants le savaient. Ils m'offraient pour la fête des pères des porte-clés, des cartes, des collages avec l'arbre du pays de l'enfance. Ce Sud-Ouest qui n'était pour moi en rien familier devenait à son tour un jardin tropical. Celui qui demeurerait comme le souvenir des grandes vacances pour nos enfants.

Roland Barthes, l'homme de Bayonne, cite ce poème de Heine : « Dans le Nord, un pin solitaire / se dresse une colline aride. / Il sommeille ; la neige et la glace / l'enveloppent de leur manteau blanc. // Il rêve d'un beau palmier, / Là-bas, au pays du soleil / Qui se désole, morne et solitaire, / Sur sa falaise de feu. »

Le palmier, cet arbre avec sa couronne d'écorce pareille à celle d'un ananas, cet arbre feu d'artifice, au corps d'Africaine et au maintien romain.

Dans *Roland Barthes par Roland Barthes*, une photo de lui enfant, sur la plage, avec un seau : il porte un chapeau pareil à un sombrero. Nous avons tous été cet enfant. Plus rare cette photo de sa mère assise sur la plage tenant ses deux fils. Roland l'aîné et le plus jeune. Elle s'agrippe à eux et les protège en même temps. Elle est encore jeune, souriante. Mais il n'y a pas le père. Effacé. Mort. Disparu en mer en octobre 1916 – il commandait un chalutier, *Le Montaigne*, reconverti en patrouilleur, coulé par un torpilleur allemand au large du cap Gris-Nez.

Une photo à la fois datée et intemporelle dans sa tendresse maternelle. Barthes l'avait ainsi légendée : « la famille sans le familialisme ». Le familialisme, « tendance, affirme le dictionnaire Larousse, à mettre en avant l'importance de la famille dans la société ».

Je savais la force d'intégration de la famille dans la société. Entrer dans le rang, se conformer. L'état civil est une forme de totalitarisme : une victoire de l'État sur la personne. La lecture du livret de famille est le triomphe du droit sur les sentiments. Le cœur prisonnier des lignes et du Code civil. On veut échapper à sa famille et on en construit une autre. Tous ces écrivains que j'admirais, grands désespérés ou cavaliers de la nuit. *L'amour fou* de Breton contre les romans de Paul Bourget. Mais je me suis promis de ne plus faire de littérature. Il n'y a pas de mots pour réparer l'enfance fusillée. Nous ne possédons rien. Ni nos maisons. Ni nos enfants. Nous sommes de passage avec l'illusion d'être des propriétaires.

« C'est un grand enfant », disait parfois Alexandre, le maître de maison, en se moquant d'Antoine. À la table des vacances, Alexandre symbolisait le doigt de Dieu. Il parlait en se balançant sur sa chaise et en levant le doigt vers le ciel, ce qui lui permettait de scander ses propos.

Antoine était un homme de l'Est, de la Champagne, du Chemin des Dames. Un grand frère aux cheveux longs, d'une jeunesse d'esprit éclatante, qui n'avait pas d'âge et dont l'ironie bienveillante était une façon d'emmurer ses ombres, de se projeter vers l'autre pour mieux l'observer. Il resterait un disciple indiscipliné du *Grand Jeu*, ce feu follet des mouvements littéraires, qui réunissait René Daumal, Roger Gilbert-Lecomte, Roger Vailland. Un portraitiste qui ennoblissait tous les visages qu'il saisissait et élevait en même temps. Il aimait les résistants, les rockeurs, les voyageurs, les dandys, les solitaires, les gueules cassées, la Champagne, Tanger et New York. Il légendait ses photos d'une belle écriture noire ample qui en faisait aussi un écrivain de l'image.

Il était un enfant de 14, moi de 44. Une guerre nous séparait mais le goût de l'Histoire nous réunissait dans le même creuset. Nous étions partis ensemble, un jour d'octobre, sur les traces de Guy Môquet, avec un autre ami, Victor, biographe de ce rimbaldien héros de la Résistance.

Nous nous étions retrouvés à Nantes, convoquant les ombres du surréaliste Jacques Vaché, mort à l'Hôtel de France, et de l'envoûtante *Lola* jouée par Anouk Aimée dans le film de Jacques Demy. L'agence de location de voitures nous avait proposé un cabriolet. On avait sauté sur l'occasion et par-dessus les portes. Antoine était assis sur la banquette arrière avec ses longues jambes et son nez aquilin, qui le faisaient ressembler à un oiseau migrateur, capable de traverser l'Atlantique de la France au Sénégal. Il photographiait chacune de nos rencontres, leur donnait du relief, sculptait nos traits, nos expressions.

Nous étions sous le ciel de la Loire-Atlantique. Il y avait encore des panneaux Michelin en ciment et céramique sur les routes, qui ressemblaient à des gâteaux crémeux aux lettres bleu océan. Nous nous étions arrêtés à Treffieux, dans l'ancienne maison des grands-parents de Victor. Une maison de pierres grises comme dans toute cette région de la Loire-Atlantique.

À l'intérieur, j'avais retrouvé cette odeur d'enduit posé sur les poutres, que je respirais dans la maison de mes grands-parents en Bretagne, à Douarnenez. Elle était désormais inoccupée. Mais il restait des livres, des sommiers, un vélo accroché dans le garage. La maison de Treffieux avait abrité des résistants. Les maisons de vacances de nos grands-parents avaient toutes connu la guerre. Puis, pour nous donner un coup de fouet, nous avions bu un verre de blanc au Café des Sports avant de partir pour la carrière où Môquet avait été exécuté, le 22 octobre 1941. En représailles à l'exécution à Nantes du Feldkommandant Fritz Holz, seraient fusillés cinquante résistants puis une autre cinquantaine de partisans près de Bordeaux, au camp de Souge, pour l'assassinat du conseiller militaire, Hans Reimers.

Mourir à dix-sept ans, l'âge de nos enfants désormais. L'enfance fusillée. Nous avions voulu nous rapprocher du silence. Arpenter la grande allée circulaire qui ressemblait à un hippodrome où étaient alignées les pierres tombales des amis de Môquet, le fils de Prosper Môquet, député communiste, notre fils en ce jour de communion. Jean-Pierre Timbaud le métallurgiste, An Huynh-Khuong le professeur, Charles Delavacquerie l'imprimeur, Eugène Kérivel le capitaine côtier, Pierre Guégin le maire communiste de Concarneau. L'après-midi, nous avions visité le cimetière de Saint-Aubin-des-Châteaux écrasé sous le soleil, où le poète et instituteur du village René Guy Cadou avait vu trois cercueils des fusillés arriver.

Ils sont appuyés contre le ciel
Ils sont une trentaine appuyés contre le ciel
Avec toute la vie derrière eux
Ils sont pleins d'étonnement pour leur épaule
Qui est un monument d'amour
Ils n'ont pas de recommandations à se faire
Parce qu'ils ne se quitteront plus.

[...]
La mort surtout est une chose simple
Puisque toute liberté se survit

Et puis nous avions taillé la route jusqu'à Louisfert, village où était mort René Guy Cadou, à l'âge de trente et un ans. Nous avions le goût des cimetières et des préaux. Cadou, poète de l'école de Rochefort, que nous avions lu à vingt ans et que nous nous repassions comme l'un de nos nombreux mots de passe dans la Résistance. Cet homme d'une femme, Hélène, d'une forme, la poésie, d'une religion, l'amitié, qui rêvait aussi bien de la mer que de la Loire-Atlantique. Une poésie où s'emmêlaient la beauté et la douleur.

Je me souviens du ciel enflammé de rose avant la nuit, de la gare de marchandises derrière nous comme un caillou du passé, de nos envies infantiles de sabotage que nous comblions avec des accès adolescents de poésie. Quel sens avait ce pèlerinage ? Nous avions Antoine, Victor et moi des mères ou grands-mères institutrices, un cadre familial de hussard noir et des photos de résistants dans notre tableau d'honneur. Ces poètes de l'école de Rochefort, nous les avions aimés comme des frères incompris, des voix fragiles écrasées par les ténors du surréalisme. Ils ressemblaient selon les mots de Cadou à « une cour de récréation ». Lucien Becker (« Il me faut aller vite dans tous les sens / Parce que partout autour de moi / Des femmes qui vont mourir se donnent / À des hommes dont la mort est pour demain. / Je dépense sans compter l'or de l'amour, / Je goûte à ton corps comme à un verre / Dont je n'ai pas le temps d'achever le contenu / Parce que j'ai la main de la mort sur la gorge »), Luc Bérimont, Michel Manoll…

La poésie de Cadou avait la vivacité rapicolante du printemps, une naïveté campagnarde, menacées par l'ombre de la mort. Les coquelicots, les arbres faisaient partie de son royaume, mais aussi la chute des corps, les enfants perdus, les navigateurs solitaires. Dans sa vie rêvée, celle des matins et de la rosée, il n'y avait qu'une chevelure : celle d'Hélène, sa femme, qu'il avait rencontrée dans la ville de Clisson.

Je t'atteindrai Hélène
À travers les prairies
À travers les matins de gel et de lumière
Sous la peau des vergers
Dans la cage de pierre
Où ton épaule fait son nid

Tu es de tous les jours
L'inquiète la dormante.
Sur mes yeux
Tes deux mains sont des barques errantes
À ce front transparent
On reconnaît l'été
Et lorsqu'il me suffit de savoir ton passé
Les herbes les gibiers les fleuves me répondent.

Il existait donc des poètes heureux en amour. Et ce voyage c'était aussi la résistance de l'enfance contre l'abdication de la vie adulte. En Loire-Atlantique, sur ces routes qui appelaient aux vacances, au galop vers la mer, Antoine photographiait les calvaires, cette mémoire de la guerre qui coulait comme de l'eau entre nos mains.

On n'en finirait donc jamais avec la guerre. Non, on n'en finirait jamais. Elle avait sculpté nos mémoires, nos références. Nous étions les rejetons de 14-18, de 39-45, de l'Occupation et de la Résistance. En codicille, il y avait aussi les guerres d'Indochine, d'Algérie. Nous avions été élevés dans ces mythes. Ils avaient été notre liquide amniotique, notre mémoire quotidienne et, d'une certaine manière, nous avaient engloutis. La guerre est cette divinité créée par les hommes et leur technique pour dévorer leurs propres enfants. Si tu ne veux pas la guerre et la mort, ne te marie pas, ne fais pas d'enfant. « Cesser d'être marié, c'est faire l'expérience d'un évènement d'une violence inouïe, d'un phénomène difficile sinon impossible à digérer », écrit l'écrivain Martin Amis, l'auteur d'*Expérience*.

Pourquoi ce bruit après le silence ? Pourquoi Arès triomphe-t-il toujours sur Aphrodite ? Pauvres humains, nous croyons être libres de notre destin, de le consommer. Nous le consumons. En fait, la guerre ne nous quitte pas. Aurais-je imaginé qu'après nous être retrouvés ainsi autour de la table des vacances, de la piscine, nous serions un matin de septembre autour de la dépouille d'Antoine, dans une église des bords de Marne, dans la vallée des ombres ?

Dans notre Sud-Ouest, au milieu des déjeuners, de la joie, des tomates, des melons, des couleurs du vin, un éclair touchait l'essentiel. Et soudain une ombre. L'armée des ombres. Le profil de Jean Moulin faisait taire les convives. « C'est extraordinaire, disait Alexandre, en se balançant sur sa chaise, en prenant du recul, il est l'homme fondateur de la France dans laquelle nous vivons. Et tout cela repose sur une trahison. C'est un vrai roman policier. À Caluire, dans la salle d'attente du médecin où il doit y avoir la réunion, il y a des résistants, des patients. Pendant plusieurs jours, les Allemands se disent : "Est-ce que ce sont de vrais patients ?" Ils ont perdu énormément de temps. Ils ne savaient pas qu'ils avaient pris Jean Moulin. »

Trahir, le mot semblait désuet, démonétisé. Il sentait son monde ancien. L'honneur et les fidélités d'Ancien Régime. « Livrer ou abandonner avec perfidie. Trahir son camp, son chef, sa patrie, son pays. Trahir quelqu'un par intérêt. Tromper la confiance de quelqu'un, manquer à la foi donnée à quelqu'un, à la solidarité envers quelqu'un. » En particulier

« abandonner la personne aimée pour une autre personne. Il se crut un homme sensible trahi par une femme infidèle ». Et cette phrase de Vercors, l'auteur du *Silence de la mer* : « Le "oh" gémissant et violent de l'amant trahi. »

À ces constats de larmes et de cendre répondaient les mots gorgés de soleil de Colette : « La vieillesse et la maladie pour lesquelles j'avais une grande répulsion. Toutes deux bientôt viendront me serrer de près. D'avance, je me boucherai les narines... Les malades d'amour, les trahis, les jaloux doivent sentir la même odeur. »

Il faudrait être comme les lotophages, ces habitants du « pays de l'oubli », selon l'expression de Jean-Pierre Vernant, pour se consacrer à la nourriture de l'instant présent. Ne plus avoir de souvenir du passé.

La France s'était construite sur la trahison. Dans toutes les familles se lisait cette lézarde de l'Histoire. On se regardait dans un miroir brisé ou piqué. Pourquoi encombre-t-on l'esprit d'enfance de ce poids de l'Histoire ? Pourquoi avions-nous besoin de mythes rapiécés au fil des années pour tenir debout ? Pourquoi, dans cette maison de vacances, devant le palmier qui agissait comme l'aiguille d'un cadran solaire, alors que les ballons de l'enfance roulaient sur l'herbe, pourquoi dans la fluidité de l'été, convoquions-nous le cadre de la mémoire ?

Oui, ce palmier, cet arbre du voyageur, je voulais le transmettre à mes fils comme un témoin sacré. Celui auquel on s'accrochait pour retrouver le sourire après un naufrage. Celui qu'Ulysse avait vu à Délos, qui l'avait émerveillé. Quand Ulysse arrive chez les Phéaciens et qu'il rencontre

Nausicaa, il s'extasie : « Mes yeux n'ont jamais vu ton pareil, homme ou femme ! Ton aspect me confond. À Délos, autrefois, à l'autel d'Apollon, j'ai vu la même beauté : le rejet d'un palmier qui montait vers le ciel. »

C'est l'arbre de la beauté, du mouvement, de l'air chaud. Mais quel est l'arbre de la mémoire ? Le chêne bien sûr mais aussi le cèdre et l'olivier dans le bois duquel Ulysse a sculpté le lit nuptial de son amour avec Pénélope : « La façon de ce lit, c'était mon grand secret ! C'est moi seul, qui l'avais fabriqué sans un aide. » Nos lits finissaient désormais aux encombrants, à la décharge. Car que laissions-nous, *in fine*, à ceux que nous avions aimés, élevés, pétris avant qu'ils ne forgent eux-mêmes leur destin ? Que garderions-nous de nos parents ? Qu'avions-nous gardé de nos grands-parents ? Tout était emporté. Tout était fauché. J'avais conservé un manteau de mon grand-père. J'avais conservé la lettre de mon grand-oncle avant son exécution par les Allemands.

Aux déjeuners d'été où, insouciants, nous convoquions les grandes figures de l'Histoire avaient succédé les dîners avec les enfants autour de la table de la cuisine où personne n'osait occuper la « place de maman » désormais vide. Avec les enfants, nous parlions de terrorisme, d'islamisme, d'attentats, des guerres de religion, de l'archaïsme et de la violence qui avaient rejailli au temps du numérique. Presque d'un coup, les enfants avaient quitté les comptines de l'enfance pour écouter *Défaite de famille,* le rap d'Orelslan où les hommes sont des alcooliques, beaufs, obsédés sexuels : « quand je vois vos gueules d'enculés bouffis ». Et où le seul mot d'amour est « mamie, je t'aime », où les ballons gonflables donnent à ces déjeuners un aspect de foire monstrueuse.

Voilà ce qu'étaient devenues les familles passées à la moulinette du rap. Les enfants écoutaient la radio Skyrock et portaient des chaussures Nike. Chaque mois, ils avaient une nouvelle toquade musicale. Black M, Bigflo et Oli, notamment cette chanson, *Notre père Fabian* : « C'est mon idole, avec lui rien n'est impossible, c'est un peu mon avocat, mon cuistot, mon taxi. [...] Mon père c'est mon boss, mon roi, mon héros ; moi je suis son gosse, son minot, su hijo. Il tourne tous mes problèmes en dérision. J'suis l'une des raisons pour lesquelles il peut finir en prison [...] Il n'y a pas de bons pères, il n'y a que des hommes qui font de leur mieux. »

Bigflo et Oli, deux gosses toulousains nés d'un père argentin. Toulouse, la ville natale de Carlos Gardel, de Nougaro et des Motivés, ce groupe qui avait slamé *Le chant des Partisans* et sur lequel nous dansions dans les bars au bord de la Garonne. Ce Sud-Ouest où mon grand-oncle avait été exécuté, ce Sud-Ouest où l'été nous parlions de la Résistance française. Cette guerre qui n'a pas marqué nos corps, à laquelle nous avions échappé mais qui avait vrillé notre mémoire. Cette guerre que nous avions rejouée dans un voyage imaginaire en nous demandant ce que nous aurions fait en 1940 face à l'ennemi. Et d'un coup le vent de la guerre avait emporté le toit de la maison.

« Souviens-toi d'oublier », clament les philosophes. Nous avions sans doute oublié que la guerre ne disparaît jamais, qu'elle est en perpétuelle métamorphose. La paix comme le bonheur sont des illusions. Des répits. La guerre avait gagné l'intime. Tous les territoires avaient été touchés. Les familles explosaient comme des kamikazes.

Quand je quittais mon plus jeune fils le vendredi, je l'accompagnais à l'école, l'embrassais, revenais dans la maison si vide qu'il me semblait qu'elle avait été soufflée, à la renverse. Je me disais : « Ça y est c'est fini », comme après un enterrement. J'avais l'impression de les abandonner au chaos, de les condamner à être des âmes errantes. Je savais depuis longtemps qu'il n'y avait pas d'aventure ni de voyage s'il n'existait pas une Ithaque de l'enfance. Je ne voulais leur transmettre ni éducation particulière ni héritage mais une maison et des traces. « Ils étaient au logis, tous les autres héros, tous ceux qui, de la mort, avaient sauvé leurs têtes : ils avaient réchappé de la guerre et des flots. »

Mes enfants avaient connu eux aussi le fracas des armes comme je ne l'avais jamais entendu, moi leur père. Tout est souffrance, chez Ulysse, loin des siens. Le malheur est tombé sur sa maison. Et soudain, Athéna, la déesse de la Sagesse aux mots ailés, prend la parole et s'adresse à Télémaque, le fils d'Ulysse et de Pénélope : « Il est si peu d'enfants à égaler leurs pères, pour tant qui peuvent moins, combien peuvent plus ! Mais je vois qu'en ta vie, tu seras brave et sage : la prudence d'Ulysse est tout entière en toi ; espérons que tu vas accomplir cette tâche. Laisse les prétendants comploter, combiner : ils n'écoutent, ces fous, ni raison ni justice ; ils ne voient pas la mort, la Parque ténébreuse, qui tous, en un seul jour, vient les ensevelir ! Va donc ! que rien n'entrave ton projet de voyage. »

Désormais c'est moi qui partais à la recherche de mes fils, pour les ramener vers le pays natal. Pour qu'ils puissent comme Télémaque courir le monde. Repousser la mort, l'oubli, le reniement. Accueillir l'aurore, aux doigts de rose.

Composition : Entrelignes (64).
Achevé d'imprimer
sur Roto-Page
par l'Imprimerie Floch
à Mayenne, en septembre 2019.
Dépôt légal : septembre 2019.
Numéro d'imprimeur : 94930.

ISBN 978-2-7152-5390-2 / Imprimé en France.

359325